Morangos Maduros

Anna Dalsgaard

ISBN 978-85-87873-42-2

Autora: Anna Dalsgaard (e-mail: anadalsg@yahoo.com.br)
Edição: Samira Valente

Revisão: João Mario Engelke Abrantes

Projeto gráfico e capa: Izabel Amorim

Produção editorial: Vitrina Comunicação

Literatura brasileira

Impresso no Brasil

DADOS INTERNACIONAIS PARA CATALOGAÇÃO NA PUBLICAÇÃO (CIP)

D157m

Dalsgaard, Anna

Morangos maduros / Denise Duarte. 1. ed. – Rio de Janeiro : Ideia Jurídica, 2014.

p. : il. ; ... cm.

IISBN 978-85-87873-42-2

1. Ficção brasileira. I. Título.

CDD- B869.3

Morangos Maduros

Anna Dalsgaard

1ª edição
Rio de Janeiro - 2014

Eij

Editora Ideia Jurídica

Prefácio

Morangos maduros é um livro envolvente, com muitos mistérios e surpresas. É um ótimo suspense, que nos prende até o grande final. Anna Dalsgaard, a autora deste livro, soube como mexer com a ansiedade do leitor, fazendo-o ler todo o livro em um único dia, de tão bom. Mostra a bondade de uma mulher batalhadora, com muitas histórias e momentos de tensão, nos quais tudo se torna tão real na imaginação que ela parece alcançar o verdadeiro mundo de *Morangos maduros*.

Parabéns, Anna, por escrever algo tão bem pensado, que alcança todas as idades e surpreende todas as pessoas da mesma forma. Só lendo-o para saber o que, realmente, é um livro bom de verdade.

Diana Niemeyer

Sou amiga da Anna há muitos anos. Fizemos, juntas, um curso de Arquitetura e Decoração. Sempre gostei de seu jeito e, agora, mais ainda, quando me surpreendo e a vejo como escritora. Na realidade, conheço todos os seus dons.

Essa é Anna: mulher versátil, comunicativa e generosa. Que Deus a ilumine cada vez mais.

Maria Regina ("Rê")

Anna,

seu jeito diferente de ser me empolga.

Não posso negar que tenho uma forte admiração por você. Seu modo fácil de relatar os fatos deixa transparecer a simplicidade do seu coração.

Li seus livros e gostei muito.

Parabéns.

Magda Provenzano

Anna,

o conhecimento permite-nos maior reflexão sobre nossas decisões e uma visão apurada da vida e das pessoas que nos cercam.

Tânia Serra

Era uma pessoa a quem chamamos, pura e simplesmente, de má, com tudo o que essa pequena palavra de duas letrinhas significa: aquela personalidade nefasta, com um certo quê malévolo no olhar, que até causa medo em quem é mais frágil ou desavisado. Ela era assim – áspera em suas atitudes, difícil de lidar com as pessoas à sua volta, mas suficientemente cabotina para encobrir seus mais profundos e funestos objetivos.

Você me perguntaria: "Mas ela não possui nenhuma qualidade?". Respondo: "Sim, claro, não existe ninguém absolutamente ruim, mas ela, bem, ela se aproximou perigosamente desse tênue limite". Sua frieza de gestos, sua mente agourenta e toda aquela inveja... Ah, como gostaria de nunca tê-la por perto! Era capaz das mais sombrias atitudes para atingir suas metas obscuras e que só a ela beneficiavam. Porém, como toda verdade sempre vem à tona, em algum momento ela seria desmascarada, e todo o ódio semeado por ela se reverteria em castigo inexorável. Porque um dia, meus amigos, todo o mal feito na Terra se reverte ao autor. E ela? Ela não escapou de seu fim merecido...

Angela Dalsgaard

Agradeço...

...aos meus amigos e parentes, que sempre me deram força para alcançar metas e satisfazer dons que carrego comigo.

...ao meu marido, esse homem maravilhoso que nunca mediu esforços para satisfazer meus desejos e acreditou em mim desde Gvard e a vida continua, *encorajando-me.*

...à minha mãe, que me ajudou muito, esclarecendo fatos da vida real que relatei no livro anterior e que, neste livro, me ouviu com atenção, me apoiou e me cobriu de elogios, enchendo-me de ânimo e estímulo.

...às minhas quatro filhas maravilhosas e amigas, Simone, Aline, Michele e Anique, e às minhas crianças: Diana, Carol, Erik, Amanda, Daphine, Luiz Henrique e Letícia.

...à minha irmã Angela e à minha querida sobrinha "Fany".

Meu coração transborda de alegria.
Eu amo todos vocês!

Índice

A vida muda repentinamente. Às vezes, o que parece ruim torna-se bom. A luta daquela moça que veio de outra cidade a tornou forte, embora muitos conflitos a tivessem afetado. Alcançou metas e cumpriu sua rota de vida, chegando ao ponto final: realização pessoal e espiritual.

Cristal

Cidade do interior da França, com poucos habitantes. Numa casa simples e humilde, rodeada de plantas e flores, um caminho de terra batida dava aceso à estrada principal. Ali moravam Cristal e seu filho, Allan, de 12 anos. Eram novatos no local. Cristal, lutadora, sempre tentou uma condição de vida melhor para o filho, que não tinha pai desde os oito anos de idade. Tudo o que Allan aprendeu foi ensinado pela mãe. Ele era apaixonado por livros, e Cristal nunca mediu esforços para conseguir satisfazer os desejos dele de ler e pesquisar cada vez mais. Embora Allan tivesse de ajudar a mãe nos afazeres de casa, sempre lhe sobrava tempo para suas pesquisas.

Cristal conseguiu arranjar um emprego de doceira numa *pâtisserie* daquela pequena cidade. O comércio de Madame Arminda, dona da *pâtisserie*, vivia às moscas antes de Cristal trabalhar lá. Com sua simpatia e beleza, e conhecedora dos segredos da culinária francesa, dom que herdara da mãe, conseguiu atrair clientes e levantar o estabelecimento.

Mas nem tudo eram flores... Cristal tinha de aturar o gênio difícil e o mau humor de Mme. Arminda, mulher bruta, grosseira e interesseira.

Cristal costumava levantar às seis horas da manhã. Rapidamente, arrumava sua cama, fazia café e ia ao jardim, molhar as plantas. Depois de tomar banho e se arrumar, acordava o filho.

– Allan, esta semana vou tentar matricular você na escola da cidade. Você terá que fazer uma prova, mas isso não me preocupa, pois você é muito esperto e estudioso e, com certeza, ficará numa classe avançada.

Cristal e Allan eram vizinhos de Madame Gracy, esposa de um velho professor aposentado que vivia numa cadeira de rodas. Viviam humildemente, não tinham filhos, mas eram felizes e muito amigos de Cristal. Mme. Gracy também trabalhava na *pâtisserie* de Mme. Arminda, como ajudante na cozinha, e foi ela quem arranjou o emprego para Cristal.

As duas chegavam cedo e só saíam tarde da noite. Cristal fechava a porta principal da loja e ficava lá dentro com a amiga preparando a massa das *tartelettes* e colocando-as nas formas para assar. Enquanto elas assavam, Cristal preparava o recheio e a decoração das *tartelettes*, com morangos maduros.

Perto dali, na igreja de Saint Augustine, as missas eram rezadas todos os domingos, às seis da tarde. Quando o reverendo Gontée terminava, todos tinham um ponto de encontro para uma paradinha: a *pâtisserie* de Mme. Arminda, ultimamente muito bem frequentada por pessoas importantes, como o próprio reverendo, o prefeito e a esposa, Margot, e um juiz famoso, amigo de Mme. Arminda.

Cristal ficava tonta com tantos pedidos ao mesmo tempo e nervosa quando aquela voz lhe falava, em tom de superioridade:

– Cristal, você está lenta demais!

E, com um sorriso irônico, acrescentava:

– Você tem certeza de que já acordou? O sr. Prefeito e a esposa querem outra *tartelette* de morango. Ande rápido! Ainda tem muita gente para ser atendida.

Naquela correria, Cristal tentava atender a todos com gentileza e simpatia.

Mme. Gracy, ao ver a luta da amiga para satisfazer os clientes e a megera da Mme. Arminda, tentou ajudá-la, mas sem querer bateu com a mão na bandeja que uma garçonete segurava e virou um bule de chá que estava sobre a bandeja, o qual caiu no chão, quebrando-se.

Mme. Arminda gritou, enfurecida:

– Desastrada, por acaso é cega? Não viu o bule, sua estúpida? Limpe tudo isso agora! O desconto virá no final do mês.

A *pâtisserie* estava cheia e, sob olhares, Mme. Gracy saiu correndo, envergonhada.

Cristal largou tudo e foi atrás dela:

– Não chore, Mme. Gracy, essa mulher é má. Não tem sensibilidade nenhuma. Acho que não sabe nem o que é amor ou qualquer outro sentimento bom.

– Cristal, vou embora da *pâtisserie*. Não vou ficar nem mais um minuto.

– Calma, Madame Gracy, emprego está difícil e seu marido também depende de você. Mas, se você decidir mesmo sair, eu também vou embora.

– Está louca, Cristal? Você tem o Allan para sustentar, e eu me sentiria a causadora de tudo. Está bem... Por sua causa, eu fico. Este vilarejo é tão pequeno que não temos mesmo escolha.

Assim, as duas continuaram nas suas tarefas. Cristal, como sempre, esforçando-se muito pela qualidade de suas *tartelettes*, cada vez mais elogiadas. Quem ganhava com isso era ela, Mme. Arminda.

O jeito especial de Cristal

A vitrine da *pâtisserie* estava linda como nunca antes. Cristal a decorou com fitas de cetim verde, grandes laços vermelhos e colocou pratos de porcelana com detalhes de pintura a ouro. Espalhados sobre eles, *tartelettes* de morango polvilhadas com chocolate.

Em cada espaço vazio, ela colocou um arranjo de morangos bem vermelhos. As prateleiras de vidro da vitrine estavam de chamar a atenção... Todos paravam para olhar e acabavam entrando para saborear as *tartelettes*. Cada vez mais, os elogios enchiam de satisfação Mme. Arminda, cujo coração, entretanto, não era nada doce.

Naquela confusão de pessoas entrando e saindo, Cristal deparou-se com o prefeito e a esposa. Ele olhava Cristal insistentemente e queria que esta o atendesse na mesa. Isso despertava ciúmes na esposa.

Cristal colocou duas xícaras de café e voltou para pegar o de sempre, as *tartelettes*, mas se equivocou ao pegar o vidro de canela em pó em vez do de chocolate, polvilhando-a sobre as *tartelettes*. Segundos após se retirar, ela ouviu um grito histérico da esposa do prefeito:

– Que droga é essa? Esta *tartelette* não é a mesma que sempre como aqui. Isso é canela e não chocolate, e eu tenho alergia a esse condimento!

Esbravejando, ridicularizou Cristal, que tentava, desnorteada, consertar a situação. Humildemente, pediu desculpas, mas Mme. Arminda e a esposa do prefeito se inflamavam cada vez mais, acusando a pobre mulher de irresponsável.

O prefeito assistia a tudo sem tomar atitude alguma, mas com ar de reprovação e meio envergonhado da esposa.

Chorando, Cristal saiu correndo porta afora, dizendo que nunca mais colocaria os pés ali.

Mme. Gracy estava indignada. Não podia fazer nada pela amiga a não ser confortá-la; já tinha sentido na própria carne essa dor.

Mais tarde, na casa de Cristal, Mme. Gracy tentou consolá-la. De tão triste, Cristal mergulhou na cama, com os olhos inchados de tanto chorar. Mme. Gracy falou:

– Cristal, aquela bruxa precisa de você. Na próxima semana, haverá a quermesse da igreja pelo Dia de Ação de Graças, e as autoridades daqui sempre comparecem.

Mme. Arminda sempre quis agradar o reverendo Gontée, oferecendo seus préstimos e levando doces, que ficavam intactos; sem qualidade e sabor, ninguém os comprava, sequer os provava. A meiga e conhecedora da gastronomia francesa Cristal fez ressaltar o orgulho da ambiciosa Arminda. Esta sempre quis ser notada pelo juiz e demais autoridades locais, o que não seria possível pelo seu jeito de falar, de se arrumar ou pelos seus dotes culinários.

A estranha Arminda vivia numa bela mansão, cujo dono, o irmão, um viúvo triste, solitário e desgostoso, nunca aparecia em público. Raríssimas vezes ele foi visto nos lugares frequentados pelos moradores da região. Mme. Arminda também não fazia questão de falar sobre o irmão. Todos a consideravam uma viúva rica e solitária. Para ela, o importante é que Cristal tinha recuperado a *pâtisserie*, e isto lhe possibilitava manter a vida falsa de sempre.

A conversa

Certo dia, Cristal e Mme. Gracy retornavam do trabalho quando esta confidenciou algo visto há muito tempo:

– Cristal, uma vez perdi o sono. A noite estava quente, Benzinho [marido dela] estava dormindo e resolvi andar pelo atalho, atrás do riacho Blanc [assim batizado em função da água, muito clara], observando a natureza, quando vi uma mulher, com um véu negro sobre a cabeça, conversando com um homem que eu nunca havia visto nestas redondezas. Reconheci a Madame Arminda, que me causa medo. Eles gesticulavam muito. Ninguém me viu e voltei para casa, sem entender o que ocorreu. No dia seguinte, contei tudo ao Benzinho, que achou que devia se tratar de um namorado ou amigo secreto de Madame Arminda. Achei estranho...

Aquele dia, parece, era para confidências...

Confiante na amiga, Cristal também resolveu se abrir com Mme. Gracy e falar um pouco sobre sua própria vida:

– Mme. Gracy, eu sempre tive muito medo de contar o que passei. Vim para este lugar porque já não aguentava mais ficar com meu filho na casa onde morávamos. Foram quatro anos, Allan tinha oito anos. Eu engomava roupas e fazia pães e doces para fora, e meu marido fazia biscates. Um dia, ao voltar do trabalho na casa de uma senhora que morava perto, aliás na casa mais bonita dos arredores, assustei-me ao ver a minha casa às escuras e com a porta entreaberta. Chamei o Allan, e ele não respondeu. Gritei por Joe, meu marido, e nada... Acendi a luz e vi meu marido caído no chão, morto. Um fio tinha sido passado ao redor do pescoço de Joe, que fora estrangulado. Gelei...

Fiquei paralisada. Foi quando ouvi, baixinho, o choro do Allan, que estava tremendo, debaixo da mesa, no canto da sala. Tirei meu filho dali e o abracei. Ele quase não conseguia falar, mas me contou tudo: "Bateram à porta e meu pai foi abri-la. Um homem esquisito falava alto com ele; empurrou a porta e entrou. Discutiram, e papai deu-lhe um soco na boca. Ele, o malfeitor, não reparou em mim. Escondi-me debaixo da mesa e fiquei rezando. Vi quando esse maldito homem pegou um fio que estava enrolado em seu bolso e passou-o pelo pescoço do meu pai, que caiu com a cabeça quase embaixo da mesa, ainda vivo, mas o homem não teve compaixão. Apertou o fio sem piedade, para terminar o serviço. Levantou, dirigiu-se à porta e apagou as luzes. Achei que ele ia voltar e ali fiquei, parado, imóvel e com muito medo. Pude observar, no entanto, que em seu pulso ele tinha uma grossa corrente dourada, com uma medalha ou moeda presa ao centro. Suas mãos eram fortes e ele era alto e moreno".

– Que coisa horrível, Cristal! – falou Mme. Gracy.

– Eu chamei a polícia e foram muitos dias de investigações. O menino começou a ter medo de tudo. Estava totalmente dominado pelo sentimento de terror. A minha vida ficou mais difícil sem meu marido. Nós éramos pobres, mas ele sempre conseguia arranjar algum jeito para o nosso sustento. Muitas vezes, eu fazia meus doces e bolos ou engomava roupas para fora, mas ele é quem trazia mais dinheiro para casa. Ninguém conseguiu descobrir quem matou Joe. Allan continuava tenso e em pânico. Quando eu ia entregar minhas encomendas ou roupas, ele ia comigo. Os pesadelos dele eram constantes e sempre os mesmos: via a mão daquele homem estranho, com aquela corrente dourada no pulso, apertando a garganta do pai. Minha vida se transformou num inferno. Foi aí que resolvi me mudar.

A mudança

Cristal resolveu juntar umas economias e, com a ajuda de Madame Lily, a boa senhora do casarão, conseguiu pagar seus aluguéis atrasados e sair daquele lugar de lembranças nefastas.

– Foi assim que vim parar aqui, Madame Gracy, neste vilarejo, perto de onde morava, mas sem vestígios do passado. Graças a Deus, conheci a senhora e seu marido. A cabeça de Allan melhorou muito. Parece que ele apagou o que viu. A senhora e o professor me deram muita força.

– Fiz o meu papel – retrucou Mme. Gracy. – Sei que Mme. Arminda é insuportável, mas não temos muita escolha. Acredito que você encontrará muita paz neste lugar junto ao seu filho, Cristal.

– Obrigada pelas boas palavras. Não sei o que seria de mim sem a senhora e seu esposo.

Aquele laço de amizade foi ficando cada vez mais forte entre as duas mulheres. A semana passou...

Na festa da igreja

Eram muitas luzes coloridas, balões, barracas, música e pessoas que se misturavam. Entre elas, o prefeito, com sua esposa autoritária e antipática, o juiz da cidade e sua filha, e a megera Mme. Arminda, a mais antiga moradora do local. Conhecia todos e se achava importante também.

Antes dos comes e bebes, o reverendo rezou uma missa. Seu ajudante era novato no lugarejo, um rapaz que chamou a atenção de Cristal.

A igreja ficou lotada. O órgão tocava músicas sacras. Cristal estava com seu filho; Mme. Gracy e o professor, lá atrás. Do lado de fora, o ambiente ao ar livre estava lindo, à espera dos convidados.

Cristal trabalharia na barraca de doces da *pâtisserie* assim que terminasse aquele ato religioso. E assim aconteceu. Ao término da missa, com a ajuda de Mme. Gracy e de Allan, Cristal vendeu e serviu, até tarde, seus doces, *croissants* e, principalmente, as *tartelettes* de morango.

Por incrível que pareça, a maior atração da noite foi a barraca de Cristal. O sabor, a qualidade e a beleza faziam as pessoas, principalmente os homens, quererem saborear as guloseimas. O esperto e inteligente Allan ajudou muito, e Cristal foi muito cortejada. Foi um verdadeiro tumulto. Até o prefeito não poupou olhares à meiga Cristal, apreciando-a. Esse foi o grande motivo de a mulher dele fazer um escândalo, com crise de ciúmes, inclusive se queixando à Mme. Arminda.

– Cuidado, Arminda, *mademoiselle* Cristal tem pinta de mulher à toa. Não tem marido e usa roupas provocantes.

– Fique tranquila, Madame, isso não ficará assim.

No dia seguinte, providenciou um estranho uniforme: largo, horroroso, de cor cinza-chumbo, e um pano grosso amarrado na cabeça, cobrindo seus lindos cabelos. Nos lábios, nem vestígio de batom. Mal sabia ela que a beleza de Cristal vinha de dentro, e quanto mais simples parecia, mais gostável se tornava.

Claude

Os dias foram se passando e nos encontros dominicais da igreja, Claude, o ajudante do reverendo, começou a cortejar Cristal.

Ele era um homem novo, alto, bonito, de olhos claros e muito simpático. Algumas vezes ia à *pâtisserie*, conversar com a moça. Sabia um pouco dos seus costumes. Conversava com Allan e, em algumas ocasiões, emprestou-lhe livros, pois sabia da paixão dele pela leitura. Fazia tudo para agradá-lo.

Cristal não entendia por que aquele homem tão educado e de boa formação estava ali, trabalhando de ajudante numa igreja e ganhando tão pouco. Mas o importante é que ele mostrava afeto e interesse por eles.

Os dias passavam e a rotina era sempre a mesma naquela cidade. Uma coisa estava diferente: Cristal estava começando a gostar do bonito rapaz.

A morte do professor

Numa madrugada fria de inverno, Mme. Gracy bateu à porta da casa de Cristal, aos gritos:

– Por favor, abra a porta!

A moça correu para atender e deparou-se com a senhora, transtornada:

– Meu Benzinho não me atende; eu o chamo e ele não abre os olhos, não se mexe. Eu o achei muito gelado!

Cristal saiu correndo com Allan, que a essa altura já tinha escutado e se levantado. Correram para a casa de Mme. Gracy e, quando se depararam com o professor, confirmaram o que ela tinha suspeitado: ele estava morto.

Mme. Gracy estava desconsolada, chorando muito, dizendo que ele era a única pessoa que tinha nesta vida.

Cristal abraçou-a e a acalmou.

– Vou ficar sempre com a senhora.

E Allan complementou:

– Ele já estava muito velhinho e doente. Ele era tão bom que deve estar no céu agora, ou caminhando para lá. E os três se abraçaram com ternura.

Com a morte do professor e bom vizinho, Mme. Gracy afeiçoou-se muito mais ao educado menino. E ele já estava ficando um rapazinho.

Mme. Gracy deu todos os livros do marido para Allan e, com isso, cada vez mais ele mergulhava nos estudos. Na escola, recebia elogios dos professores por tanta dedicação e sabedoria. Despertava a inveja nos colegas e, algumas vezes, auxiliava e ensinava os próprios professores, que já achavam que se tratava de um gênio. Allan já estava estudando para fazer o vestibular. Seu maior desejo era ingressar numa universidade; a cada dia, mais ele avançava nas matérias.

E o tempo não para

Mesmo o tempo correndo muito, a vida continuava como sempre para Cristal, quase sempre na companhia da amiga, do trabalho para casa.

Mme. Arminda tinha dado uma trégua, pois em um tombo, fraturou um pé e precisou ficar em repouso, de perna para cima, durante um mês. Isso dava um certo alívio para os funcionários da *pâtisserie*, que viviam sempre sob tensão.

Chegou o dia da concurso. Allan estava superpreparado e, como era de se esperar, fez as provas sem nenhum obstáculo e obteve resultados magníficos em todas. Estava pronto para ingressar na universidade em breve. Pensava muito em ser alguém e tirar sua mãe daquela vida difícil. Ele a sentia cansada, sem tempo para nada. Ela era ainda muito jovem, pois foi mãe aos 16 anos, ainda uma menina, e sempre trabalhou muito.

Época de Natal no vilarejo

Chegou a festa que Allan e sua mãe amavam. As encomendas aumentaram na *pâtisserie*, e o trabalho triplicou.

Cristal arrumou como sempre maravilhosamente bem a vitrine, com roscas enfeitadas com creme e açúcar cristalizado, bolo de frutas e nozes, e as famosas *tartelettes* de morango. Ela estava muito feliz porque já estava namorando Claude havia algum tempo. Ela já era conhecida como "a moça das *tartelettes*".

O coral da cidade iria se apresentar no final da missa da meia-noite. Depois, todos poderiam partilhar com seus amigos e entes queridos a ceia de Natal, em suas casas.

Cristal havia preparado uma singela mesa natalina, mas com muito bom gosto, para quando regressassem da missa. A *pâtisserie* fecharia mais cedo. Tudo ficaria mais fácil.

Quando a missa terminou, na saída da igreja, Claude aproximou-se de Cristal, deu um tapinha nas costas de Allan, um beijo na mão de Mme. Gracy e entregou um pequeno embrulho para a amada.

Ela, sem graça, falou que não precisava ter-lhe comprado um presente. E ele disse:

– Abra, Cristal, você merece muito mais.

E assim ela fez. Ficou surpresa quando viu um anel com uma pedra azul da cor de seus olhos.

– É lindo! – disse Cristal. – O que significa isso, Claude?

– Estou pedindo-a em casamento, e um dia lhe darei um verdadeiro.

– Meu Deus, Claude, assim tão de repente? Preciso da aprovação do meu filho e de um pouco de tempo para pensar.

Claude olhou para Allan e, com um gesto humilde, acabou sendo aprovado pelo menino. Embora achasse Claude, muitas vezes, estranho, não poderia colocar obstáculos na vida de sua mãe, que sempre lutou e precisava, agora, de ajuda, de uma companhia masculina, pois sabia que se mudaria para a universidade em poucos dias. Poderia visitá-la de 15 em 15 dias. Ser alguém, formar-se, era tudo o que ele queria.

O casamento de Cristal

Com a aprovação de Allan, a mãe casou-se com Claude; o reverendo Gontée realizou a cerimônia religiosa. Os amigos mais íntimos e os funcionários da *pâtisserie* compareceram. O casal estava feliz e Allan mais ainda, ao ver a mãe tão alegre.

Mme. Gracy fez o bolo, e o reverendo ofereceu o champanhe. Numa salinha ao lado da sacristia, Cristal recebeu os convidados. Era tudo muito simples, mas o bastante para encher de felicidade os corações de ambos.

Alguém, de longe, observava tudo: o prefeito. Olhava somente para Cristal, como se estivesse enfeitiçado, talvez pela candura ou beleza da noiva. O reverendo já havia notado e Mme. , também. Só quem não percebia era Claude. O prefeito parecia um homem sofrido.

Lua de mel não tiveram. Foram embora para casa de mãos dadas, como se fossem duas crianças. Ele com a roupa de domingo e ela com um vestido branco simples e uma camélia, de seu próprio jardim, nos cabelos.

Cristal continuou no cansativo trabalho da *pâtisserie*, e Claude, que ganhava muito pouco, resolveu pedir emprego para o prefeito. Como M. Charlot precisava de um homem inteligente na Prefeitura para ajudá-lo, resolveu contratar Claude.

Mme. ficou surpresa e achou que seria uma manobra do prefeito para ficar mais perto de Cristal, por meio do marido dela. Mme. Gracy achava que o prefeito apreciava a moça demais da conta.

Em pouco tempo, Claude já tinha um bom salário e muitos planos. O prefeito Charlot tornou-se amigo de Claude e, por achá-lo tão eficiente, dependia muito dele.

O dia em que Allan embarcou

Feliz, sabendo que seu desejo estava se realizando, Allan não via a hora de chegar à universidade. Ele pegaria o trem à noite. Esperaria todos chegarem do trabalho para se despedir.

Começou a dobrar suas roupas e, de dentro do armário da mãe, pegou uma mala e alguns pertences dele. Abaixou-se para pegar um par de sapatos debaixo da cama e deparou-se com uma bolsa de lona marrom. Puxou-a e a abriu rapidamente. Eram algumas roupas de Claude. Allan notou que, dentro de uma das mangas de um casaco, havia uma caixa amarrada. Pensou duas vezes, mas, como a curiosidade era muita, resolveu ver o que ela continha. Puxou a caixinha, desamarrou-a, e o susto foi grande. Uma tremedeira apoderou-se dele. Era a pulseira que marcou a vida de Allan e tanto o perturbou, a corrente de ouro, com desenhos confusos no medalhão. Foi aquela joia que ele viu no pulso do homem que matou seu pai.

A cabeça de Allan deu um nó. Os transtornos voltaram à mente dele. Ele colocou a corrente em seu bolso, guardou as roupas de volta na bolsa e a empurrou para debaixo da cama.

Saiu de casa desnorteado, olhou para o céu e gritou:

– Meu Deus, será que isso é verdade? Será possível alguém ter uma pulseira igual? Mas Claude não teria dinheiro suficiente para comprar a joia. Meu Deus, o que eu faço?

Estava fora de si e confuso.

O dilema

O dilema era grande e a incerteza, também. O tempo era curto para qualquer averiguação. Sentou-se no banco do jardim e mergulhou nos acontecimentos do passado. Tudo o fazia crer que Claude era o assassino do pai: alto, mãos fortes e pulseira idêntica.

Ele teria de contar tudo para a mãe antes de partir para outra cidade. Sabia que isso estragaria toda a sua vida. Poderia, também, chamar a polícia.

Enquanto pensava, voltado para imagens horrorosas do passado, não percebeu Claude aproximando-se, com Cristal e Mme. Gracy, todos felizes, conversando e sorrindo. Allan, mais uma vez, perguntava-se: "O que existe de errado? É bem verdade que, algumas vezes, eu surpreendi Claude pensativo, fora do ar, mas isso não significa que seja um assassino".

As horas iam passando e já se aproximava o momento de Allan ir para a estação. Ele pensava, pensava... Não queria cometer nenhum equívoco.

A mãe, notando o nervosismo de Allan, argumentou:

– Allan, você está suando frio. Logo você, que está tão habituado com os livros, as salas de aula, os professores... O que deu em você? Vamos nos encontrar sempre. Quando você não puder vir para cá, eu e Claude vamos encontrá-lo na universidade. Fique calmo, filho, eu estou muito bem amparada por Claude e Mme. Gracy. Tenho de agradecer a Deus, por ser tão bom comigo. Meu marido é maravilhoso.

Quanto mais a mãe falava, mais Allan se achava um idiota, um conflitado e sem saber que atitude tomar.

– Filho – disse Cristal –, sua vida tomará um rumo diferente, e brevemente será um vitorioso, cheio de sucesso. Fique tranquilo: eu tenho o Claude, esse homem atencioso que saberá preencher os meus dias. Se não fosse ele, eu não saberia viver sem você, meu filho. Deus sabe o que faz!

Um pouco antes de Allan sair de casa, surgiu Mme. Gracy, com quatro taças de vinho em uma bandeja, para que todos brindassem juntos.

Allan já não tinha mais tempo; o último trem partiria às 11:30 e ele tinha de se apressar. Precisava tirar aquele fantasma da cabeça e seguir adiante, sem olhar para trás.

Assim, todos se despediram. Cristal chorou, e o trem partiu.

Durante toda a viagem, Allan segurou a corrente e a olhou insistentemente, buscando uma resposta: "Seria Claude um psicopata? O que ele queria com a minha mãe? Será que já tinha interesse nela, quando ainda era casada com o meu pai?".

As brigas

Enquanto isso, na casa do prefeito, as coisas não andavam bem. A esposa dele estava dominada por ciúmes infundados de Cristal. Proibiu Charlot de frequentar a *pâtisserie*.

Nervoso, o prefeito falava com a mulher:

– Eu não vou à *pâtisserie* por causa da Cristal, eu vou porque gosto de tomar chocolate quente com *tartelettes*. Gosto de ir lá para encontrar amigos e bater papo. Tire essa maldade da sua cabeça. Você está pensando coisa errada.

Ela gritava e, um dia, jogou um vaso de flores no chão, quebrando-o. Estava possuída por algo ruim.

Em determinada ocasião, quem gritou foi Charlot:

– Ou você para com essa maluquice ou eu me separo de você.

Logo após, ele saiu, batendo a porta.

No dia seguinte, Henriette, a filha solteirona do juiz, telefonou para Margot, convidando-a para um chá na *pâtisserie*.

Quando chegaram, fizeram os pedidos a Cristal.

Sem que ninguém percebesse, a desorientada Margot tirou um comprimido da bolsa e o colocou no próprio chá. Disfarçadamente, começou a simular uma dor no estômago e, minutos depois, o efeito do remédio a fez entrar num sono profundo.

A filha do juiz começou a gritar:

– Chamem uma ambulância! Acho que a Margot está morta! Com certeza, esse chá estava envenenado!

Mme. Arminda veio rápido e providenciou tudo. Chamou o prefeito e contou-lhe que, provavelmente, Cristal colocara veneno no chá de Margot.

Cristal defendia-se, chorava e dizia não ter havido nada do que a estavam acusando.

Henriette comentou com Mme. Arminda que sua amiga Margot se queixava muito do assédio de Cristal ao marido dela, o prefeito Charlot.

Cristal ficou abalada e triste, sem saber o que fazer. O filho não estava, o marido poderia desconfiar dela em função daquelas acusações e a única que estava totalmente revoltada e sabia que aquilo tudo era armação daquelas mal-amadas era Mme. Gracy.

O investigador local chegou e levou Cristal para a delegacia, para questioná-la. Não podia fazer muita coisa, porque não tinha nenhuma prova que pudesse incriminar Cristal, mas isso foi muito desgastante para a moça, que teria de aguardar novas investigações.

O prefeito ligou para Claude e lhe contou o que havia acontecido. Claude sabia a respeito das falsas mulheres; Cristal sempre conversava com ele e o colocava a par de tudo. O próprio Charlot argumentou que aquilo só poderia ter sido estratégia de sua esposa:

– Ela sempre foi diabólica, uma víbora – disse o prefeito.

Mais tarde, no quarto do hospital, quase recuperada, Margot queria ver o marido. A enfermeira mandou chamá-lo.

Quando Charlot chegou, o médico os deixou sozinhos. Margot olhou para o marido com cara de sofredora e lhe suplicou que expulsasse Cristal da cidade, pois esta tentara matá-la.

Charlot quase perdeu a cabeça. Segurou a mulher pelo braço, fortemente, e perguntou-lhe:

– Está ficando louca? Pensa que eu não sei que você planejou isso tudo?

– Eu juro – retrucou Margot.

E ele, com muita raiva, pegou a bolsa dela e a esvaziou em cima da cama:

– Olhe só estas cápsulas, o que representam? São soníferos! Você os colocou em seu próprio chá! Você é maluca! Para mim, chega!

Charlot virou as costas e saiu, indignado.

O próprio prefeito mandou retirar a queixa contra Cristal e relatou o fato para Claude. Logo após, comunicou-se com Mme. Arminda e falou que tudo aquilo tinha sido um equívoco, um mal-entendido que poderia ter prejudicado seriamente a inocente Cristal.

Ironicamente, a velhota olhou para o prefeito com um sorriso leve e maldoso.

Na universidade

O desejo de Allan estava realizado. Ele se destacava pelos trabalhos impecáveis e perfeitos. Morava em um quarto da universidade com dois amigos, Breno e Laurence. Com eles, conversava a respeito dos estudos, das garotas e da vida.

Os pesadelos eram constantes; eles sempre perturbavam o sono de Allan, ultimamente.

Faltavam poucos dias para o feriado da Independência, em julho, e ele estava louco para rever a mãe e fazer algo mais: colocar seus planos em prática e desvendar o mistério dos seus sonhos.

Breno iria para a casa dos pais, mas Laurence combinou que iria com ele para o vilarejo. Allan contava os dias ansiosamente.

Finalmente, chegou a data da viagem. Era um dia quente e claro, que não combinava com a mente de Allan, que estava nublada e confusa com tantos pensamentos desencontrados.

A mudança

Uma semana antes da chegada de Allan, Claude conseguiu uma casinha melhor. Sair daquele local seria vivenciar novas experiências. Ter um pouco de conforto seria maravilhoso. Ele não esqueceu de que um jardim florido seria muito importante para Cristal; ela amava cuidar das flores e plantar suas camélias.

Quando comunicou à sua amada que iriam mudar de casa, os olhos de Cristal encheram-se de lágrimas. Por momentos, Claude achou que a surpresa não tinha agradado a esposa. Mas as lágrimas eram de alegria.

Só uma coisa faltava para a felicidade de Cristal ser completa: levar junto a grande amiga, Mme. Gracy. Ela comentou com o marido que a sua boa companheira, de todas as horas, já estava ficando idosa e ficaria triste e muito só.

Imediatamente, Claude concordou:

– Claro, nunca a deixaríamos desamparada.

Afinal, a nova casa era bem maior do que a atual, e Mme. Gracy poderia ter o cantinho dela. Claude também gostava daquela senhora.

A chegada

Era um domingo, oito horas da manhã, quando os amigos de universidade chegaram ao vilarejo. Allan encontrou rapidamente o endereço da nova casa, escrito em um pedaço de papel.

Pela janela, Cristal avistou o filho no portão e saiu correndo. Foram muitos beijos e abraços.

Cristal foi apresentada a Laurence e logo quis mostrar a Allan o novo lar. Entraram e lá estavam Claude e Mme. Gracy, prontos para abraçá-lo.

Laurence era muito simpático e descontraído e logo quebrou aquele clima estranho criado por Allan.

Cristal estava com a mesa do café pronta e pediu a todos que se sentassem. Olhou para Laurence e disse:

– Você vai provar minhas *tartelettes* de morango polvilhadas com chocolate.

Laurence, muito falante, fez uma observação:

– O aspecto e o colorido são lindos; o sabor deve ser melhor ainda.

Provou e não poupou elogios a Cristal. Os morangos eram bem maduros e pareciam encerados, de tanto brilho. Todos conversavam. Claude falava sobre seu trabalho na Prefeitura e perguntava a Allan sobre a universidade. Madame Gracy interrompeu:

– Quem quer mais café?

O clima estava descontraído para todos. Só Allan permanecia com a pulga atrás da orelha.

Quando terminaram de comer, Allan levantou-se da mesa, chamou o amigo e disse para a mãe que iriam se trocar. Claude, então, aproveitou e falou a respeito da festa na Praça de Lavin, a principal do lugar, às 16 horas. O evento, promovido pelas autoridades locais, era para festejar a Independência. Eufórico, fez o convite a todos.

Os dois rapazes foram se trocar. Laurence olhou para Allan e falou o que já queria ter dito há muito tempo ao amigo:

– Não estou vendo nada de errado. Ninguém pode esconder por tanto tempo uma máscara. Será que você não está imaginando coisas?

Meio desesperado, Allan argumentou:

– Laurence, você tem de me ajudar. Eu ando com essa corrente que me assombra a cada dia. Esse homem tem duas caras.

– Ok, amigo, vamos ver o que podemos fazer. Discutiremos isso fora de casa.

Quando saíram, Allan lançou um olhar angustiado para a mãe, que já havia pegado o grande cesto com morangos, para selecionar os maduros e adiantar o serviço do dia seguinte. Eles deram um até logo e fecharam a porta.

Logo em seguida, Claude deu um beijo no rosto da mulher e perguntou se ela queria ir com ele até a Prefeitura, acertar os últimos detalhes. Ela disse que não, porque gostaria de terminar o serviço que havia começado.

– Então, voltarei para pegá-la um pouco antes de começar a festa.

– Tudo bem, meu amor – respondeu Cristal.

– Não se atrase, pois os músicos da banda da cidade vão tocar a Marselhesa, e você adora esse hino.

Enquanto isso, ali perto, os dois rapazes, sentados à beira de um riacho, viram, de longe, quando Claude saiu. Resolveram segui-lo, na tentativa de descobrir algo mais. Foram, cautelosamente, seguindo os passos de Claude. Às vezes, este olhava para trás, com a sensação estranha de que estava sendo observado.

Allan e Laurence viram quando Claude entrou no prédio da Prefeitura. Ficaram ali por algum tempo e observaram que Claude saiu com o prefeito, no carro deste. Não deu para saber mais nada, e os dois ficaram frustrados por não terem conseguido descobrir coisa alguma.

Na realidade, Claude e o prefeito foram pegar alguns instrumentos de sopro que pertenciam à Prefeitura e que seriam entregues aos velhos músicos que iriam se apresentar na festa.

O desfile

No palanque, estavam as autoridades locais. O prefeito convidou Claude e Cristal para assistirem a tudo de lá de cima; o visual era melhor e eles se protegeriam do sol. O casal aceitou. Também estavam no palanque, sentados mais adiante, Mme. Arminda, o juiz, a filha dele, Henriette, e o reverendo Gontée.

Enquanto Cristal e o marido observavam atentamente a parada da Independência, com uma banda animada tocando, alguns cavalos com fantasias coloridas e uma linda menina à frente de tudo, fazendo malabarismos, os olhos de Margot só se fixavam em Cristal. Ela era uma mulher paranoica, psicopata, e Mme. Arminda estimulava os delírios de Margot com bastante intriga, o que a fazia ficar desconfiada e suspeitar de tudo, devido à cabeça fraca que possuía. A velha Arminda gostava de ver o circo pegar fogo.

Ali perto, os dois amigos conversavam, e Allan convenceu Laurence a voltar para casa, para bisbilhotar os pertences de Claude, na esperança de achar algo mais que esclarecesse melhor as suas suspeitas. Chegando em casa, eles começaram a revirar gavetas e armários.

Eles liam documentos, papéis e se fixaram no relato do Convento das Irmãs Augustine e Mariane, descrevendo a vida de Claude, durante os 18 anos em que ali viveu. Em determinado momento, Laurence olhou para Allan e, mais uma vez, falou:

– Allan, esse sujeito não parece mau. Estudou com freiras...

Mas Allan, mais uma vez, argumentou:

– As aparências podem enganar...

Distraídos e conversando, não repararam que Mme. Gracy, que não tido ido à festa porque estava se sentindo indisposta, observou tudo sem entender. Tomaram aquele susto e se justificaram de qualquer jeito.

Mme. Gracy resolveu não contar nada do que viu e ouviu para não criar nenhum tipo de problema com a família, mas ficou desconfiada.

Na manhã seguinte, Cristal estava terminando o café quando os rapazes desceram. Allan beijou a mãe e lhe deu bom-dia. Com pressa, Cristal despediu-se dos rapazes e sugeriu a eles que fossem, à tarde, à *pâtisserie*, para tomarem um chocolate quente com *tartelettes* de morango e baterem um papo. Eles concordaram.

Às 17 horas, lá estavam eles. O recinto já estava cheio, quase lotado, mas ainda havia duas mesas vazias, uma das quais os rapazes ocuparam, por sugestão de Cristal, que os serviu pessoalmente, com muito carinho, como sempre fazia com todos os clientes.

Isso despertou a ira de Mme. Arminda, ainda mais quando viu os dois comendo. Ela chamou Cristal e a destratou na frente de todos, ao que ela reagiu, afirmando que eles não estavam ali comendo de graça, porque ela pagaria a despesa dos rapazes.

Mesmo assim, Cristal ouviu insultos de Mme. Arminda, que, gritando, dizia que aquilo era um abuso. Mme. Arminda virou as costas para Cristal, saiu da *pâtisserie* com mau humor, entrou no carro dela e, com muita raiva, acelerou e foi embora.

O clima ficou pesado no estabelecimento. Cristal ficou paralisada, sem ação, e muito desconsolada.

Allan e Laurence ficaram revoltados. Tentaram apoiar Cristal diante de tanta gente que observou o acontecido. Indignado,

Allan disse para Laurence que não aguentava ver aquela mulher tratar a mãe daquele jeito.

– Tenho vontade de matar essa bruxa, Laurence.

– Calma, amigo. Vamos à casa dessa megera, dar-lhe um corretivo.

– Isso mesmo, Laurence. Eu sei onde ela mora: numa mansão com muros altos.

E resolveram, os dois, ir à casa de Mme. Arminda. Caminharam, bufando de raiva, e, em frente a um grande portão, apertaram a campainha.

Um homem uniformizado os atendeu. Allan pediu para falar com Mme. Arminda. Queria lhe dizer tudo o que estava atravessado na garganta durante anos.

O empregado disse-lhe que só estava em casa o patrão, Monsieur Jean-Pierre. Laurence perguntou:

– Quem é esse senhor?

O empregado respondeu:

– É o irmão de Mme. Arminda e o dono desta casa.

Allan não sabia ou não lembrava que Mme. Arminda tinha um irmão. Perguntou se a irmã de Monsieur estava em casa. O serviçal disse que não, que provavelmente estaria com a amiga Margot na casa desta. Allan, então, pediu para falar com o dono da bela mansão.

– Rapaz, meu patrão é de poucas palavras. Não gosta de ver ninguém e pouquíssimas vezes passa deste portão. Em algumas ocasiões, seu *chauffeur* o leva para sair, mas são raras.

– Por favor... eu gostaria de vê-lo!

O empregado mandou que esperassem lá fora e foi falar com o patrão. Após certo tempo, retornou e disse que Monsieur Jean-Pierre decidiu atendê-los, abrindo o portão para que entrassem.

A mansão era magnífica: lago com chafariz, amplos jardins floridos, caminhos espaçosos para carros de luxo... Enfim, um deslumbramento de casa. Os rapazes entraram e atravessaram o suntuoso salão, conduzidos ao escritório no qual estava sentado um senhor de aparência calma, mas triste.

O empregado saiu, fechou a porta e o senhor convidou-os a se sentar.

Na realidade, Allan foi à mansão para falar com Mme. Arminda, e estava se sentindo ridículo por estar ali para fazer queixa da velhota ao irmão dela. Mas teria de justificar sua ida àquela casa. Começaram a conversar e ele falou a verdade. Contou como a mãe e todos os funcionários da *pâtisserie* eram maltratados.

Monsieur Jean-Pierre balançou a cabeça em sinal de desaprovação e falou que a irmã sempre foi problemática. Ele comprou a *pâtisserie* para que ela tivesse uma ocupação e, há muitos anos, a convidou para morar com ele, quando ela ficou viúva, sem filhos, em situação constrangedora.

– Ela sempre foi revoltada e invejosa. Brigava com minha esposa, não respeitando nem o fato de ela estar grávida. Sempre tentou me colocar contra a minha mulher, uma doce criatura.

Allan olhou M. Jean-Pierre com certa emoção e pediu-lhe desculpas por ter invadido a casa dele, já que fora tão bem recebido. Monsieur levantou-se, abraçou os rapazes e, nesse momento, os olhos de Allan fixaram-se em um quadro na parede. Seus olhos não piscavam, uma nuvem embaralhou sua visão e um pensamento estremeceu sua cabeça, fazendo-o suar frio.

Monsieur percebeu o comportamento estranho do jovem e perguntou se ele estava se sentindo bem. Pediu ao seu empregado um café para os rapazes e os fez sentar-se novamente.

Com a voz trêmula, Allan perguntou ao bondoso senhor:

– Monsieur, que foto é aquela ali, na parede?

Ele respondeu:

– Isso é uma relíquia para mim; é o brasão da família. É muito bonito, você não acha?

Allan permanecia calado, cheio de pensamentos absurdos e desencontrados.

Monsieur prosseguiu:

– Minha esposa, que faleceu, usava uma pulseira com esse brasão que mandei fazer exclusivamente para presenteá-la. Ela foi enterrada com a pulseira – e começou a chorar. – Perdão, eu não quero atormentar vocês com a minha tristeza, mas não gosto de pensar no ocorrido.

Allan perguntou:

– O senhor falou que ela estava grávida. E a criança?

– Era uma criança bonita, perfeita, mas, infelizmente, não resistiu e também morreu. O parto foi muito difícil e demorado. Eles foram sepultados juntos, no mesmo lugar.

Após essas declarações, abalado, pediu licença e se retirou.

Sozinhos, os dois entreolharam-se, surpresos. Allan retirou da bolsa a pulseira e comparou o medalhão que a enfeitava com o que havia no quadro. Eram idênticos.

Tonto, sem saber o que pensar, Allan teve vontade de mostrar a joia para o senhor, mas foi aconselhado por Laurence a ter cautela e não agir por impulso. Nesse momento, o empregado da casa entrou no escritório e os encaminhou à saída.

Lá fora, Allan perguntou a Laurence:

– Que armadilha é essa? Você tem alguma sugestão, Laurence? Temos poucos dias aqui no vilarejo; logo retornaremos à universidade. Minha cabeça deu um nó, ficou ainda mais confusa. Em um momento, pensei que Claude poderia ser parente de Monsieur Jean-Pierre, e em outro, que poderia ser o assassino do meu pai. Estou tonto, Laurence. Não sei mais o que pensar, mas tenho de descobrir. Só não quero prejudicar minha mãe. Ajude-me, por favor!

– Conte comigo, amigo.

Em casa

Allan e Laurence voltaram para casa e lá estavam todos. Cristal arrumava a mesa para tomarem uma sopa e perguntou ao filho por onde ele andou.

– Allan, você demorou; fiquei preocupada.

– Fui à casa de Mme. Arminda para falar tudo o que pensava, mas ela não estava. O irmão dela, um senhor bondoso e gentil, recebeu-me e conversamos muito. Eles são totalmente diferentes um do outro.

– Eu nunca o vi, Allan – afirmou Cristal.

Allan perguntou a Claude:

– E você, Claude, o conhece?

– Nunca o vi, também – ele respondeu.

Allan olhou bem nos olhos de Claude e repetiu:

– Você não conhece o irmão de Mme. Arminda?

E Claude, tranquilamente, repetiu:

– Não, por que eu teria de conhecê-lo?

Claude não parecia estar mentindo. Allan, baixinho, perguntou a Laurence:

– O que você acha?

– Acho que você deveria falar com Claude, colocar tudo em pratos limpos, dizendo que pegou a pulseira dele. Talvez ele tenha uma explicação. A sua imaginação é farta de fantasias, e você precisa lidar somente com a realidade.

Assim Allan fez. Antes de dormir, chamou Claude e perguntou se poderiam conversar. Claude concordou prontamente, curioso: o que Allan queria com ele?

Os dois dirigiram-se à varanda e só se olhavam de forma enigmática. Allan parecia ter engolido a fala. Claude começou:

– O que quer de mim, Allan, você está com algum problema?

Para a surpresa de Claude, o rapaz meteu a mão no bolso e retirou a pulseira.

– Isto é seu, Claude?

– Sim – Claude pareceu surpreso. – Como está com você?

– Não a roubei, pode acreditar, mas esta pulseira foi a causa dos meus pesadelos desde criança. Encontrei-a em suas roupas quando abri uma bolsa que estava debaixo da cama. Levei-a comigo na viagem e só a mostrei a Laurence e a Breno, meus amigos da universidade, em busca de alguma resposta para as minhas desconfianças e sonhos malditos. Você não sentiu falta da joia?

– Sim, senti, quando fui procurá-la para mandar derretê-la e fazer um jogo de colar e anel para presentear sua mãe no aniversário dela, já que, no dia em que nos casamos, prometi que lhe daria uma joia de verdade, inclusive mandaria que colocassem pedrinhas azuis de água-marinha, da cor dos olhos dela. Essa joia estava guardada comigo havia algum tempo. Não tive tempo de procurar um bom ourives que fizesse o trabalho. Fiquei frustrado quando vi que havia sumido e não contei nada a ninguém. Sua mãe nem sabe da existência dessa pulseira. Essa joia me saiu cara, mas seu valor era ainda maior.

Olhando Claude atentamente, Allan perguntou:

– Estou muito curioso para saber como você, um homem tão simples, comprou esta pulseira.

– Já que isso o satisfaz, vou contar. Eu trabalhava em uma loja de conserto e lapidação de joias e pedras. Meu patrão era um velhinho que fazia isso havia anos. Ele já não se aguentava mais de tanto cansaço, mas continuava trabalhando. Um dia, ele passou mal e teve de ser hospitalizado. Fiquei tomando conta da loja e trabalhando nesse ofício que aprendi e no qual sempre trabalhei: consertar e lapidar joias. O velhinho era uma pessoa muito boa e me deixava morar com ele em um quartinho fora da casa em que morava. Ele não era rico, mas o trabalho lhe rendia o bastante para sobreviver. Eu não tinha família, e ele tinha um filho que nunca o visitava. Muitas vezes, ele comprava e vendia peças por preços abaixo do mercado. Certo dia, eu estava sozinho na loja, colando umas pedras em um camafeu de uma cliente que morava perto, quando entrou um homem alto, moreno, com seus 35 anos, e colocou esta pulseira no balcão, perguntando se eu queria comprá-la. Respondi que o dono da loja não estava e ia demorar a voltar, porque estava internado, e que eu não podia decidir nada. Ele parecia desesperado, alucinado. Sugeri que tivesse calma, ao que ele me respondeu que não tinha como se acalmar porque a mãe estava muito doente e ele precisava de dinheiro para comprar remédios e viajar com ela, o mais rápido possível, para outra cidade, para ela fazer uma cirurgia. Diante do desespero do homem, fiquei com pena dele e lhe perguntei quantos francos queria pela joia. Era muito para mim, que tinha minhas economias, mas não queria gastá-las integralmente. Ele insistiu no valor e eu respondi "nada feito". O homem pegou a pulseira que estava sobre o balcão, virou-se e foi embora. Uma hora mais tarde, retornou e aceitou o preço que eu podia pagar. O valor ainda era alto para mim e abaixo da necessidade dele, mas, diante da situação, o homem o aceitou. Foi assim que esta pulseira passou a ser minha. Após algum tempo, meu patrão morreu, a loja fechou e eu tive de procurar outro emprego, sem muita opção na profissão. Foi quando resolvi mudar de cidade e vim parar neste vilarejo, a poucos quilômetros de onde eu vivia. Fui direto trabalhar na igreja, porque conhecia uma senhora, amiga do reverendo, que pediu por mim. Eu sempre gostei da paz das igrejas. Trabalhei algum tempo com o padre Gontée, como você sabe, mas me casei com sua mãe e precisava de um emprego melhor, no qual ganhasse mais. Allan, por que está tão tenso?

– Você ainda pergunta? – respondeu Allan, que, alterado, gritou com Claude:

– Você sabe que em um dos pulsos daquelas malditas mãos que mataram meu pai estava esta pulseira? Você sabe que, durante anos, tive pesadelos horríveis e agora, novamente, esse fantasma voltou a me assombrar?

– Eu juro, Allan, não tenho nada com isso! Eu comprei esta joia para ajudar um homem desesperado – afirmou Claude.

– Tudo bem, Claude, peço desculpas – disse Allan.

– Fique tranquilo, Allan, vou ajudá-lo a esclarecer tudo. Qualquer coisa que estiver ao meu alcance para acalmá-lo, eu farei – assegurou Claude. – Prometo que vou voltar à minha cidadezinha e procurar aquele homem. Talvez ele possa me esclarecer alguma coisa. Sua fisionomia não é de se esquecer, bem alto, cabelos pretos e um sinal escuro perto do olho esquerdo. Talvez tenha se mudado com a mãe e não more mais lá, mas vou tentar, vou ajudar você. Agora vá dormir; parece cansado.

Claude abraçou Allan, que já estava quase convencido da inocência do padrasto, a quem o jovem devolveu a pulseira.

Naquela noite, Claude não dormiu. Levantou-se muitas vezes, pensando na conversa que teve com Allan. Este, por sua vez, também não tirava da cabeça que havia visto o mesmo desenho da pulseira no quadro da casa do irmão de Mme. Arminda. Allan estava atordoado: não sabia mais o que pensar. Estava confuso e não queria ser precipitado. Precisava colocar seus pensamentos em ordem. Talvez estivesse mesmo enganado. Teria que agir com muita cautela e ponderar todos os fatos.

A verdade

Muitos anos atrás, Mme. Arminda, que é bem mais nova do que o irmão mas que sempre foi muito amarga, recebeu o convite de Monsieur Jean-Pierre para morar com ele e a esposa. Com pena da irmã que ficara viúva, sem filhos, abriu as portas da casa dele, estendendo-lhe as mãos. Monsieur Jean-Pierre e a jovem esposa a acolheram com dedicação; reservaram um dos quartos exclusivamente para ela e contrataram uma empregada particular para atender a todas as necessidades de Mme. Arminda e lhe fazer companhia.

A loja foi um presente do irmão, mas foi um fracasso nos primeiros tempos. Não dava lucro, e as comidas iam parar no lixo. Os *vol-au-vents* e os *croissants* pareciam borrachas; era uma culinária horrível. Para Monsieur Jean-Pierre, sabedor do que se passava e do fato de que os funcionários não paravam muito tempo no local, já que a irmã brigava com todos, a loja funcionava como uma fuga para ela.

Em casa, Mme. Arminda era uma cobra venenosa. Implicava com a cunhada e fazia intriga com os empregados. O irmão viajava muito a trabalho, e nessas ocasiões ela se achava a dona de tudo. Na realidade, era o que ela no íntimo queria, em função de sua exagerada ambição. Pisava em todos e não media as consequências.

A gravidez

A esposa de M. Jean-Pierre ficou grávida e o marido a cobria de mimos, irritando Mme. Arminda. Ele era bem mais velho do que a esposa, mas esta, sempre muito doce, o amava de verdade.

A inveja de Mme. Arminda era incontrolável, cada vez mais latente. Pouco tempo antes da data prevista para o nascimento do bebê, M. Jean-Pierre precisou viajar a negócios. Ficaria ausente somente sete dias, ansioso para assistir ao nascimento do primeiro filho. Queria estar perto da amada.

O destino, entretanto, assim não quis.

A diabólica Arminda, sabendo da fragilidade da saúde de Suzette, arquitetou um plano implacável. Implicante como sempre, arranjou uma briga com a cunhada, com ofensas e empurrões. Tremendo, Suzette começou a passar mal e entrou em trabalho de parto, já com a bolsa rompida.

– Por favor! – gritou Suzette para Madame Arminda. – Ligue para meu marido e chame a parteira!

Mme. Arminda fingia estar ligando para o irmão:

– Parece que as linhas estão congestionadas!

A endemoniada Arminda mandou Clarisse, a empregada particular dela, chamar a parteira e foi para o quarto com Suzette, deitando-a sobre a cama. As contrações da moça já estavam bem fortes e nenhuma providência mais efetiva tinha sido tomada ainda.

Após um tempo, Clarisse chegou com a parteira, que logo começou a agir. Suzette gritava e queria que o marido estivesse presente:

– Eu suplico, Arminda, você sabe onde M. Jean-Pierre se encontra. Por favor, eu preciso dele!

Fria, a cunhada falava que ele já devia estar a caminho.

O parto parecia cada vez mais difícil. Depois de muito tempo, Suzette conseguiu dar à luz. Estava fraca, sem forças e, para piorar, teve uma grande hemorragia, que apavorou a parteira a ponto de esta solicitar a presença de um médico.

Mais uma vez, a louca Arminda fingiu que estava ligando para o médico da família, dr. Paul. A empregada particular de Mme. Arminda já adivinhava os planos desta, já que sempre foi desejo da "patroa" tirar Suzette do caminho. Anteriormente, Mme. Arminda já havia arquitetado, com Clarisse e o namorado dela, um marginal, outras estratégias com o mesmo objetivo. Parece que, finalmente, o momento de colocar em prática o plano diabólico tinha chegado. Sem se abalar, Clarisse observava Suzette pálida e cada vez mais gelada, após o nascimento do filho.

A parteira reclamava da demora do médico e pedia que alguém esfregasse os pulsos de Suzette com álcool, enquanto aquecia os pés da doente. Com algum sentimento de culpa, Clarisse obedeceu; tirou de um dos pulsos de Suzette a inseparável pulseira, colocando-a sobre a mesinha de cabeceira, e os esfregou fortemente.

A essa altura dos acontecimentos, o recém-nascido já estava envolto em uma manta, dentro de um cesto. Mme. Arminda olhou para Clarisse e cochichou algo ao ouvido dela. A empregada já sabia o que fazer.

A parteira, embora absorvida nos cuidados com Suzette, pediu a Mme. Arminda que cuidasse do bebê, ao que aquela, de forma irônica, afirmou que não havia motivo para preocupação, já que ele estava sendo bem cuidado.

Ao sair para cumprir a missão infernal, Clarisse passou a mão na pulseira que estava sobre a mesinha e, disfarçadamente, a jogou dentro do cesto no qual estava a criança, sem que Mme. Arminda percebesse.

O médico não chegou e Suzette não aguentou.

Mme. Arminda entregou o cesto nas mãos de sua empregada e pediu a esta para sumir com ele. Nervosa, a serviçal perguntou se ela pretendia, de fato, aquilo mesmo, acrescentando: "O que seria do irmão de Mme.?".

Ela respondeu:

– Isso é comigo!

Depois, voltou-se para a parteira e a agrediu com palavras:

– Você é uma incompetente e irresponsável! Fora daqui, caso contrário vou chamar a polícia, e você terá de responder pela morte de minha cunhada. Suma e nunca mais apareça, ou mandarei prendê-la.

A parteira saiu, de cabeça baixa, chorando.

Já era tarde, e os empregados já estavam dormindo. Mme. Arminda já tinha mandado Clarisse ligar e marcar com o namorado para lhe entregar a criança.

Assim fez Clarisse. Passou a mão no cesto e foi ao encontro do mal-encarado e grosseiro homem. Quando este a viu, arrancou-lhe o cesto das mãos e pediu o dinheiro. Clarisse retirou da bolsa um envelope com a quantia estipulada por Mme. Arminda. A patética Clarisse pediu ao namorado para que ele não deixasse acontecer nada com a criança. Nervoso, ele gritou:

– Agora você quer dar uma de santa?

– Eu lhe imploro... – retrucou, quase arrependida.

– Vá para o inferno, mulher! – esbravejou o homem.

Clarisse voltou para casa com um peso enorme sobre sua cabeça. Estava confusa e o arrependimento torturava a sua mente, mas era tarde. Ela se consolava em ter colocado a pulseira no cesto, debaixo da manta. Uma remota referência, o brasão de M. Jean-Pierre. Clarisse estava com muito medo de a ambiciosa patroa perceber que a pulseira tinha sumido, mas isso não aconteceu, porque Mme. Arminda estava envolvida com os acertos do funeral, que teria de ter pompa e caixão fechado.

Assim, na manhã seguinte, todos acreditaram que o bebê estivesse junto da mãe. Mme. Arminda simulou tristeza e até algumas lágrimas, na hora do enterro.

O bebê

O insensível homem, mesmo de coração duro, resolveu deixar a criança, na escuridão da noite, no portão do Convento das Irmãs Augustine e Mariane, no qual, algumas vezes, as freiras abrigavam crianças abandonadas e órfãs. Olhou para a criança e lhe falou:

– Seja cumprido seu destino.

Levantou a manta e viu se tratar de um menino. Nesse momento, avistou a pulseira com o medalhão cravado no centro reluzindo dentro do cesto. Pegou-o e balbuciou as últimas palavras, olhando para o bebê:

– Você é um sortudo. Poderia estar morto, agora!

Virou-se e partiu.

No dia seguinte, a Irmã Micheline foi regar as flores do jardim e ouviu um choro de criança. Achou estranho... O som vinha lá de fora. Abriu o portão, olhou para baixo e viu o cesto com o bebê.

Irmã Micheline pegou a criança e saiu gritando pela Madre Superiora. As freiras vieram rapidamente, ao lado da Irmã mais velha, e viram o lindo menino, que estava faminto. As crianças abrigadas no convento já eram maiores; alguns adolescentes iriam completar 18 anos, seguindo suas vidas. As próprias freiras faziam com que estudassem e cada um tivesse uma especialização, de modo que, ao saírem do convento, já estivessem encaminhados.

Aquele dia foi uma festa para as madres. Não sabiam nada a respeito do bebê; nem um bilhete, nem uma informação ou referência. O destino daquela criança estava sendo traçado a partir daquele momento.

Quando Monsieur Jean-Pierre chegou...

Um carro de luxo subiu a alameda da mansão, parou e o *chauffeur* abriu a porta. O rico industrial desceu e, feliz, entrou em casa, chamando pela mulher:

– Suzette, meu amor, estou de volta!

M. Jean-Pierre estava intrigado, porque não tinha conseguido ligar para casa. Pudera, Arminda havia desligado os telefones...

Ele chamou Suzette novamente. Nesse momento, Mme. Arminda apareceu, simulando choro.

– Onde está Suzette? – ele repetiu.

De novo, em voz mais alta ainda, ele perguntou:

– Onde está a minha mulher?

Houve um silêncio revelador. Mme. Arminda aproximou-se do irmão e o abraçou, contando-lhe o que havia acontecido.

Pálido e trêmulo, M. Jean-Pierre gritou com a irmã:

– Por que você não mandou me chamar? Você sabia onde eu estava!

Ela, falsa, respondeu:

– Não consegui, meu caro irmão. Tentei muito, várias vezes, mas fique calmo. Deus quis assim.

– Cale a boca, Arminda, Deus não quer desgraça, cale a boca! Não quero ouvir sua voz, que exala maldade. Você não gostava da minha doce Suzette. Sempre envenenou a vida dela. Eu me culpo por tê-la deixado sozinha com você.

O pobre homem caiu sentado na poltrona, com as mãos na cabeça, soluçando alto.

A ambiciosa Arminda, com seus pensamentos maldosos e sempre arquitetando planos, subiu as escadas rapidamente, foi para o quarto dela, chamou Clarisse e a preveniu:

– Todo cuidado é pouco. M. Jean-Pierre está desolado. Provavelmente, quando o choque passar, vai querer bombardear de perguntas todos os empregados da casa a respeito de Suzette. Esteja preparada.

Manipulada pela patroa, Clarisse fez quem sim com um gesto de cabeça.

M. Jean-Pierre estava muito abalado e pensava, triste, por que deixara sua mulher tão só perto de parir.

Os dias seguiram-se e Monsieur, muito deprimido, não queria participar mais de nada. Só gostava de ficar em casa com seus pensamentos, relembrando os momentos bons que viveu ao lado de Suzette. Toda semana, ele visitava o túmulo no qual os entes queridos, Suzette e o filho, tinham sido sepultados, para colocar flores. Estava sem estímulo para a vida.

A volta

As férias escolares de julho terminaram, e Allan e Laurence tinham que retornar à universidade. Claude, Cristal e Mme. Gracy levaram os rapazes até a estação. Claude abraçou Allan e prometeu a ele que descobriria tudo, assegurando que o enteado se livraria dos maus sonhos.

De fato, mal regressou para casa, após o embarque dos jovens, Claude telefonou para o prefeito e pediu que se encontrassem na *pâtisserie*.

Duas horas mais tarde, lá estavam os dois, conversando. Claude contou ao amigo a respeito daquele homem, pedindo a ajuda do prefeito para descobrir o paradeiro do assassino, ponderando que, a partir daí, tudo poderia ser esclarecido.

O prefeito ofereceu ajuda e colocou um carro à disposição de Claude, para que este pudesse se locomover na cidadezinha da qual veio. Claude agradeceu e saíram juntos, de carro, para a Prefeitura. À noite, Claude informou a Cristal que passaria alguns dias fora, para tentar localizar o tal sujeito e investigar todo aquele passado obscuro.

Assim foi. Foram dias cansativos para Claude, que fez perguntas aos moradores por toda a redondeza da cidade vizinha. Voltas e mais voltas de carro por todos os lados, observando atentamente cada rosto. Paradas em bares da região e em lugares suspeitos. Claude tocou a campainha de algumas casas, na esperança de que alguém conhecesse o homem que ele procurava.

Finalmente, não tinha mais aonde ir. Considerou que, provavelmente, o assassino do pai de Allan não estivesse mais naquela cidade. Frustrado, decidiu retornar.

No trabalho de Cristal

Mesmo na ausência de Claude, o prefeito continuava frequentando a *pâtisserie*. Ele não era um homem mau, apenas muito infeliz. Gostava de curtir momentos sozinho, porque não conseguia sair com a esposa sem brigar. Ela sempre aprontava, em qualquer lugar, e ultimamente, vivia com um copo com uísque nas mãos. O ciúme incontrolável de Margot a fazia perder a linha, deixando o marido envergonhado em público.

O prefeito apreciava Cristal pelo jeito dela, por sua meiguice e educação. Ele, por sua vez, era um homem sonhador e, com certeza, gostaria muito de ter uma mulher doce e amável como Cristal.

Com uma xícara de café numa das mãos e os olhos observando o vazio, cheio de devaneios, ele não percebeu que a esposa o havia seguido e o observava naquele momento, através da vitrine da *pâtisserie*.

Foi quando Cristal se aproximou, com um prato de *tartelettes*, e o colocou sobre a mesa do prefeito. Parecendo acordar de seus devaneios, ele segurou uma das mãos de Cristal e lhe agradeceu, afirmando que ela era um anjo, uma pessoa especial e atenciosa, e que daria tudo na vida para ter uma esposa tão compreensiva e meiga quanto Cristal.

Nesse instante, Margot entrou no estabelecimento e puxou a toalha da mesa em que o prefeito estava, jogando no chão tudo o que tinha sido servido. Não satisfeita, deu um tapa no rosto de Cristal, fazendo o prefeito perder a cabeça e gritar com a esposa:

– Você está bêbada!

Ela avançou sobre ele, transtornada, socando o peito do marido. Ele a sacudiu, afirmando que aquilo tinha sido a gota d'água:

– Pra mim, chega! Você é uma bruxa maldosa! Não tenho nada com Cristal. Ela é apenas uma boa amiga, uma pessoa maravilhosa de quem você não chega aos pés. Fora da minha frente!

Margot, alcoolizada e espumando de raiva, pegou o carro e saiu como louca, jogando ao chão uma barraca de frutas que havia ali perto e quase colidindo com outros carros. Pegou a estrada que dava acesso ao riacho e, levantando poeira, fazia manobras arriscadas. Com uma garrafinha de bebida em uma das mãos, gritava e já não enxergava nada pela frente. Finalmente, bateu com o carro em uma árvore e não resistiu aos ferimentos. Teve morte instantânea.

O desabafo

Mais uma tristeza para o prefeito. Reunidos os três, ele contou a Claude e Cristal que, quando se casou, Margot era uma pessoa calma, amiga, mas que, com a influência de Madame Arminda, sua companheira inseparável, começou a mudar de comportamento. Tornou-se possessiva, ambiciosa e dava ouvidos à amiga intrigante, que a transformou em uma mulher agressiva e desconfiada. Para completar, ultimamente bebia demais. A mente fraca de Margot assimilou todos os comandos maléficos e manipuladores de Mme. Arminda.

O prefeito desabafou:

– Eu já era um homem solitário e continuarei assim, mas, pelo menos, com mais paz. Margot já era outra pessoa havia muito tempo.

Ele olhou para Claude e falou:

– Você tem nas mãos um tesouro. Desde o primeiro momento em que vi Cristal, notei seus modos diferentes. Perdoe-me se confesso que sempre apreciei a beleza dela, pois qualquer homem deseja ter uma companheira alegre, satisfeita com tudo, bonita e agradecida. Talvez eu a esteja associando à minha filha, que viajou para a América do Sul e não voltou mais para nos ver. Ela era linda! Minha mulher sempre me condenou porque eu frequentava a *pâtisserie* e olhava muito para Cristal. Não só eu, Claude, mas todos os homens e mulheres apreciam o comportamento delicado e os traços bonitos que ela tem. Não me interprete mal. Ninguém é cego. Ela lembra a minha filha, e o mais importante é que Cristal o ama muito.

Com um leve sorriso, Claude concordou com o amigo, dizendo-lhe que homens que têm mulheres diferentes têm de se acostumar com olhares e elogios a elas, acrescentando:

– O que importa é a confiança e a compreensão. Além do mais, mulheres bonitas como a Margot, quando veem outra mulher bonita, não precisam ter inveja nem se sentir menos cobiçadas. Amigo, eu nunca o interpretaria mal. Nós gostamos muito de você, que sempre fez por mim e pelas pessoas do vilarejo.

O prefeito agradeceu, comovido, essas palavras gentis.

E o tempo foi passando...

Na universidade, Allan e os amigos se preparavam para receber os diplomas. Eram bacharéis em Direito. O dia esperado tinha chegado. Claude compareceu com Cristal. Sentaram-se bem à frente, no grande auditório da universidade. Allan logo seria chamado, pois a entrega dos diplomas era por ordem alfabética.

Emocionada e muito orgulhosa, Cristal lembrou-se dos livros que comprara em brechós e dos que foram deixados pelo professor, marido de Mme. Gracy. Cristal tinha certeza de que o filho iria longe.

Após a entrega dos diplomas, o reitor fez uma pausa para fazer uma homenagem:

– Agora, senhoras e senhores, a Direção, os professores e os funcionários desta universidade resolveram homenagear, com a Medalha de Honra ao Mérito, o melhor aluno do curso de Direito, por sua disciplina, determinação e alto desempenho. Chamo, agora, Allan Christopher, futuro mestre em Direito.

Todos o aplaudiram de pé. Os olhos de Cristal encheram-se de lágrimas, afinal, a luta tinha sido grande e dificuldades não faltaram.

Encerrada a homenagem, aos poucos, todos foram saindo do auditório. Alguém aguardava Allan no pátio da universidade. Era Catherine, a namorada dele. Os dois conheceram-se no "Baile dos Formandos", promovido pelos próprios estudantes. Foi uma festa magnífica, embora tumultuada por alguns instantes. Na ocasião, uma orquestra tocava músicas românticas e o ambiente era propício ao romance. Uma formanda havia bebido demais e, cheia de ciúme, criou caso com Catherine, dizendo que, antes de esta chegar à universidade, Allan só tinha olhos para ela, a formanda citada, afirmando que Catherine aparecera para atrapalhar tudo. As duas bateram boca e a moça alcoolizada, desnorteada, tirou um dos sapatos e o atirou em Allan. O jovem, muito sem graça, comentou com Catherine que, de fato, tinha tido, no passado, um relacionamento rápido, para ele sem importância, com a jovem em questão. A formanda foi retirada do local por amigos para que pudesse se recompor, e Catherine entendeu que não tinha motivo para desconfiar do namorado, até aquele momento sempre correto com ela. Para a namorada de Allan, a moça, que em algumas ocasiões havia participado de trabalhos em grupo com ele, tinha agido de forma imatura, por conta do excesso de bebida.

Allan apresentou Catherine à mãe e ao padrasto. Logo em seguida, chegaram Breno e Laurence. Breno ia se mudar para Balberg, na Alemanha, onde morava a mãe dele, e Laurence pretendia tentar a vida ali mesmo; ele estava namorando uma amiga de Catherine.

Enquanto isso...

A vida ia passando, e Mme. Arminda estava cada vez mais intolerante. Piorou muito depois que perdeu a empregada particular. Clarisse contraíra uma doença grave e estava mal. Por seu lado, Cristal não estava mais aguentando trabalhar na *pâtisserie*, porque as humilhações eram ainda mais frequentes. Mme. Gracy já não trabalhava mais no estabelecimento; já estava idosa e preferiu ficar em casa, cuidando dos afazeres domésticos enquanto Cristal trabalhava.

O telefonema...

Numa certa manhã, M. Jean-Pierre recebeu uma ligação de Clarisse, a ex-empregada da irmã dele. Com a voz fraca, pediu que fosse encontrá-la em sua casa. Ele não entendeu nada, mas a mulher lhe disse que precisava falar algo do interesse de Monsieur Jean-Pierre, a quem deu o endereço. Ela suplicou... Pediu para ele não contar para ninguém. M. Jean-Pierre concordou e esperou a irmã sair, pedindo então ao *chauffeur* que o levasse àquele local.

Ao chegar, avistou uma casa humilde e uma mulher simples, que o aguardava no portão e que lhe disse ser irmã de Clarisse, convidando-o a entrar.

M. Jean-Pierre não acreditou no que viu. A ex-empregada parecia outra pessoa: magra, abatida, falando baixinho. Com voz rouca e fraca, pediu a ele que se sentasse na cadeira próxima à cama na qual ela estava deitada. Então, Clarisse começou a falar:

– Em primeiro lugar, antes de morrer, quero lhe pedir perdão.

Sem nada entender, M. Jean-Pierre perguntou-lhe por quê. Ela prosseguiu, narrando tudo desde o início, em detalhes, inclusive informando que o namorado tinha morrido, em consequência de uma briga, e que, muitas vezes, ele chantageara Mme. Arminda, extorquindo-lhe dinheiro. E prosseguiu:

– Eu fui cúmplice de tudo. Envolvi-me com aquele homem porque estava apaixonada. Cega, ainda tinha a sua irmã para me induzir ao mal. Ele também matou um homem, por causa de dívida de jogo. Esse homem lhe devia muito dinheiro e meu namorado o ameaçava constantemente. Um dia, este foi à casa do homem para cobrar o pagamento da dívida, e os dois brigaram.

Esse devedor, que era pai de família, também não era boa coisa. Acabou sendo enforcado, e meu namorado fugiu, prosseguindo numa vida de roubos e maldades, até que encontrou seu castigo; em uma fuga, tentando escapar de uma briga, foi atingido pela polícia, morrendo com ele o segredo de Mme. Arminda.

M. Jean Pierre estava pálido. Aquilo tudo parecia um pesadelo. Transtornado, levantou-se e, aos berros, perguntou:

– Meu filho está vivo?

Clarisse fez um gesto afirmativo com a cabeça, já sem forças. Em seguida, pediu à irmã que desse a ele o pedaço de papel no qual estava o endereço do convento para o qual o recém-nascido havido sido levado. E complementou:

– Mme. Arminda sabia onde ele estava, mas nunca apareceu no convento. Ninguém ia ver o menino.

M. Jean-Pierre saiu como louco e viajou algumas horas até o local, em uma cidadezinha próxima ao vilarejo. Chegando ao convento, bateu à porta, e uma freira atendeu:

– O que deseja, senhor?

– Preciso falar com a Madre Superiora ou qualquer pessoa antiga no convento.

Ele foi anunciado, e logo apareceu uma senhora bem velhinha que o recebeu. Começaram a conversar. M. Jean-Pierre relatou o que tinha acontecido no passado e que acabara de saber. Confessou que estava muito nervoso e ansioso.

A velha madre começou a lembrar:

– Um choro vinha lá de fora. Era um menino lindo: forte, olhos claros, cheio de vida. Nós o chamamos de Claude.

Nesse ponto, ela mostrou os retratos do menino quando era pequeno. E prosseguiu:

– Ele vivia catando pedrinhas no jardim. Lavava-as, lixava-as e as polia com um pano. Gostava de trabalhos artesanais e tinha muita habilidade manual. Depois, foi crescendo e fazia um curso aqui perto, regressando ao convento para se alimentar e dormir. Ao completar 18 anos, foi embora para trabalhar no ofício de que gostava.

A madre retirou de uma gaveta um retrato com uma dedicatória carinhosa. E mostrou-lhe:

– Este é Claude, já rapaz. Sempre foi gentil e carinhoso.

M. Jean-Pierre ficou mudo por instantes, segurando o retrato. Em seguida, soltou a voz, numa exclamação:

– Meu filho!

A madre acrescentou:

– Ele saiu daqui e foi trabalhar em uma loja de lapidação e conserto de joias. Quando tinha tempo, vinha me visitar. Quando o patrão dele morreu e a loja fechou, ele não tinha onde trabalhar no que sabia e pedi a um amigo, o reverendo Gontée, no vilarejo, que arranjasse um emprego e um lugar para Claude morar até que este conseguisse algo em sua profissão. Imediatamente, o reverendo atendeu ao meu pedido, e Claude foi para a Igreja de Saint Augustine. Trabalhou lá como ajudante; ganhava pouco, mas estava feliz. Tempos depois, conheceu uma linda moça, que trabalhava na *pâtisserie* da cidade, e se casou. Atualmente, ele trabalha na Prefeitura.

Com os olhos arregalados, quase sem piscar, M. Jean-Pierre estava incrédulo. Para ele, o mundo tornara-se muito pequeno. Ele estava envolto em um misto de ódio da irmã e felicidade, por saber que seu filho estava vivo e tão perto. Abraçou a madre, agradeceu muito e prometeu ajudar o convento com donativos.

Entrou no carro e regressou para casa. Já era tarde. Baixinho, balbuciava:

– Essa mulher me paga! Como pôde ter sido tão cruel?

Quando chegou, a cínica Arminda veio ao seu encontro, para fazer reclamações, como sempre. Mal acabara de falar, M. Jean-Pierre começou a gritar como louco com a irmã, o que fez com que os empregados acudissem, para ver o que estava acontecendo. Aos berros, ele disse a ela:

– Suma da minha frente, da minha casa e da minha vida! Nunca mais quero vê-la, sua ingrata. Descobri tudo! Como pôde representar todos esses anos? Vou mandar exumar o corpo de Suzette, e você vai ter de me mostrar que meu filho foi enterrado junto a ela. Você sempre soube que meu filho estava vivo, sua víbora, sua cretina! Fora! Nem mais um minuto aqui nesta casa ou chamo a polícia, e você vai apodrecer na cadeia.

Mme. Arminda perguntou ao irmão:

– Para onde vou?

E ele, vermelho de raiva, gritou ainda mais:

– Não me interessa mais nada da sua vida!

Ela ainda tentou se justificar, dizendo que havia feito tudo aquilo por ele, para que o irmão não estragasse a vida ao lado de uma mulherzinha que não o amava e que só queria o dinheiro dele.

Nesse momento, Mme. Arminda recebeu do irmão um forte tapa no rosto e a ordem:

– Fora, eu já disse. Nunca mais quero ver você!

Mme. Arminda saiu cambaleando, transtornada. Pegou o carro e foi para a *pâtisserie*. Esbarrou no último cliente que estava saindo e trancou a porta principal. Gritou por Cristal que, ao ver a megera naquele estado, só podia concluir que ela havia surtado. Os olhos dela pareciam sair das órbitas.

Mme. Arminda gargalhava alto, gritando:

– Vocês todos são uns filhos da puta, miseráveis, vão ter o que merecem. Aquele desvairado do meu irmão pensa que é um homem de bem. Ele finge que não sabe que nossa mãe era uma prostituta. Ele sempre conseguiu superar tudo na vida; eu só ficava com as migalhas. Até um filho ele conseguiu ter e eu, não. Meu irmão sempre teve mais sorte do que eu. Eu o odeio!

A louca foi até a despensa, pegou um vidro de álcool e começou a espalhá-lo pela loja. Cristal tentava agarrá-la para tirar da sua mão a garrafa e de sua cabeça, o que estava planejando.

Totalmente fora de si, Mme. Arminda riscou um fósforo, correu para a porta dos fundos e, após trancá-la, retirou a chave.

Cristal gritou:

– Não faça isso, nós vamos morrer!

E ela:

– Não importa, Cristal, a vida não tem mais significado para mim. Você também vai morrer, sua vadia!

O fogo espalhava-se rapidamente. Cristal, desesperada, esbofeteou a inconsequente Arminda, que caiu no chão, meio tonta. A moça correu para colocar uma cadeira em cima da mesa da cozinha. Conseguiu subir e, com um rolo de madeira em um das mãos, conseguiu quebrar os vidros da janela.

Mme. Arminda levantou-se, sangrando, e quando viu Cristal tentando escapar, já com a metade do corpo para fora, puxou-a.

– A senhora ficou doente, largue-me! – Cristal gritou, dando um pontapé na enlouquecida Arminda, antes de se atirar pela janela

Claude sempre pegava Cristal no final do expediente para irem juntos para casa. Ao chegar e ver a *pâtisserie* pegando fogo, ficou alucinado. Começou a gritar pela esposa e a pedir socorro. Já haviam chamado os bombeiros. Claude queria entrar, mas foi impedido.

Pouco tempo depois, com as labaredas mais baixas, surgiu Cristal, desfalecida, nos braços de um bombeiro. Claude correu, abraçou a mulher, que foi colocada na ambulância que já estava no local, e seguiu para o hospital.

Quando os bombeiros terminaram a missão, a *pâtisserie* já não existia; era um monte de destroços queimados. Lá dentro, Mme. Arminda teve seu fim.

No hospital

Passada uma semana, Cristal já se recuperava bem dos ferimentos e queimaduras, quando bateram à porta do quarto em que ela estava. Claude foi abri-la.

Era um senhor bem-arrumado, que segurava um buquê de flores. Ele chegou perto do casal e se apresentou como irmão de Mme. Arminda, pedindo desculpas pela irmã desvairada. M. Jean-Pierre tremia, pois sabia estar diante do filho, mas Cristal e Claude não suspeitavam de nada.

Os três conversaram um pouco. O casal agradeceu a visita, e Monsieur Jean-Pierre perguntou se poderia visitá-los quando fossem para casa.

– Claro – falou Claude –, o senhor não tem culpa de nada.

M. Jean-Pierre foi embora, emocionado, dando a Claude um cartão.

De volta para casa

Depois de alguns dias, já recuperada, Cristal voltou para casa e, como havia prometido, Claude convidou M. Jean-Pierre para jantar com eles. Com a ajuda de Mme. Gracy, Cristal arrumou a mesa com requinte. Claude também convidou o prefeito, e Allan chamou Catherine.

No dia combinado, finalmente, todos chegaram. A noite estava agradável e o clima, romântico. Allan ficou surpreso quando viu Monsieur Jean-Pierre. Sentaram-se à mesa. Claude levantou uma taça de vinho. Brindou a todos com satisfação, dizendo que aquele era um momento importante para ele, porque Cristal se salvara e estava bem de saúde. O jantar foi animado.

Quando todos terminaram, Cristal levantou-se e foi pegar um prato de *tartelettes* de morango. Todos se deliciaram. O clima estava leve, propício a revelações. Em determinado momento, M. Jean-Pierre levantou-se e pegou um embrulho que deixara no sofá da saleta. Antes de se sentar novamente, fixou seu olhar em Claude e, abrindo o embrulho que envolvia um pacote opaco, mostrou o que continha: o quadro que estava pendurado na parede do escritório, em sua casa. Ele perguntou a Claude:

– Você se familiariza com esse quadro?

Os olhos de Allan arregalaram-se de perplexidade. Ele já tinha desconfiado e comentado com Laurence que Claude poderia ser filho de M. Jean-Pierre.

Por instantes, Claude ficou imóvel. Depois, sem entender direito, falou:

– Eu o conheço... Esse emblema é igual ao de uma pulseira que tenho guardada comigo há muito tempo e que comprei de um homem que estava muito necessitado.

M. Jean-Pierre, com suavidade na voz, contou-lhe:

– Na realidade, Claude, aquele homem era um ladrão, um inescrupuloso. Aquela pulseira que está com você tinha sido roubada do cesto em que estava um menino recém-nascido.

– De um recém-nascido? – retrucou Claude.

– Sim, de um garotinho que viveu 18 anos no Convento das Irmãs Augustine e Mariane – respondeu Monsieur Jean-Pierre.

Claude estava confuso, mas Allan já tinha entendido tudo. M. Jean-Pierre prosseguiu:

– A verdade é que essa pulseira pertenceu à mulher que amei, minha esposa, e por ironia do destino foi parar no cestinho de um bebê, uma criança que eu julgava ter morrido junto com a mãe. Ele está vivo e na minha frente. O bebê era você!

Ao falar isso, ele se chegou para abraçar Claude pela primeira vez, afirmando:

– Você é meu filho!

Claude estava abobalhado. M. Jean-Pierre pediu licença a todos para narrar tudo, nos mínimos detalhes.

Após as revelações, Claude foi até o quarto, abriu seu armário e pegou a pulseira. Comparou o brasão que nela havia com o do quadro; eram idênticos. Depois de tantas evidências, ele estava ali, diante do pai. A felicidade estava reinando fortemente naquela casa.

Mme. Gracy chorava, agradecendo a Deus. Cristal parecia uma estátua; não podia acreditar naquilo tudo.

No dia seguinte, Claude pediu ao reverendo Gontée que rezasse uma missa em agradecimento. Afinal, parecia que tudo havia se acertado. Foram convidadas a Madre Superiora e as irmãs do convento; o prefeito disponibilizaria um carro para pegá-las e, depois, levá-las de volta.

Cristal e Claude estavam muito felizes. M. Jean-Pierre parecia outro homem; a tristeza no semblante havia sumido. Ele queria aproveitar a vida com sua verdadeira família o quanto pudesse.

Dois anos depois...

Allan tornou-se um advogado conceituado e abriu um escritório no vilarejo. Não cobrava das pessoas carentes, e era muito querido na região.

O dia do seu casamento estava chegando. Com a ajuda de M. Jean-Pierre, Allan comprou uma casa. Ele conseguiu aceitar a morte do pai, livrando-se dos pesadelos que o atormentavam, entendendo, por fim, que o pai também tinha se envolvido com coisas ilegais. Parecia ter encontrado a verdadeira paz, ao lado da família e da futura esposa, Catherine.

Allan conversou com o padrasto e lhe pediu desculpas, por ter desconfiado dele tantas vezes, alegando que ficava intrigado quando Claude se tornava pensativo, distante, estranho. Claude disse-lhe que, no lugar de Allan, teria agido da mesma forma.

O dia do casamento

Allan estava nervoso. Com a ajuda de Laurence, arrumou-se todo, colocando bastante gel no cabelo, um lenço de seda no bolso e uma flor na lapela.

A todo instante, perguntava:

– Estou bem, Laurence? Estes sapatos apertam meus pés.

– Você está ótimo, Allan, parece até um príncipe – respondia Laurence.

Ansioso, Allan viu que já estava na hora de ir para a igreja, na qual, no altar, já o aguardavam a mãe e Claude.

Cristal tratava de acalmar o filho, que suava frio esperando a noiva. De repente, os fotógrafos posicionaram-se. Quando a grande porta central do templo se abriu, momentos após Catherine descer de um luxuoso carro acompanhada do pai, as pessoas levantaram-se.

A noiva estava lindíssima. Assim que ela e o pai entraram na igreja, pétalas de rosas foram jogadas do alto. Claude estava feliz; parecia que Allan era seu filho legítimo. Ao som da marcha nupcial, Catherine foi entregue pelo pai a Allan, que a beijou na face.

Após a cerimônia, Allan e Catherine receberam amigos e convidados. Muitos comiam e bebiam, outros dançavam, menos os noivos, que se pouparam, porque realizariam o sonho de conhecer Paris.

A festa estava no auge quando o casal se retirou, após agradecer a todos e receber uma salva de palmas. Allan e Catherine trocaram de roupa; o carro do velho Monsieur Jean-Pierre já os aguardava. O casal abraçou os pais e M. Jean-Pierre com carinho e entrou no carro, rumo ao aeroporto, a poucos quilômetros, para o embarque.

O desejo do velho M. Jean-Pierre

Apesar de ter uma casa enorme, com muito conforto, vários empregados e belos carros, M. Jean-Pierre sentia-se muito só e decidiu convidar Claude e Cristal para morar com ele.

Quando encontrou o casal, falou do desejo que tinha. Claude ficou radiante de alegria e Cristal agradeceu muito, mas fez, mais uma vez, aquela pergunta: poderia levar Mme. Gracy, a boa senhora amiga deles?

Com um ar de felicidade e um sorriso nos lábios, M. Jean-Pierre olhou para Cristal e disse:

– Minha filha, não precisa me pedir isso, a casa é sua e do Claude.

Cristal abraçou o sogro com ternura e o beijou. Ao voltar para casa, falou com Mme. Gracy, que ficou muito alegre, pois tudo o que trouxesse felicidade para Cristal refletiria nela. Mme. Gracy concordou imediatamente e logo começou a retirar os objetos dos lugares, embalando-os para, depois, encaixotá-los.

Cristal pegou a amiga pelo braço e afirmou:

– Minha doce e bondosa Madame Gracy, a senhora não precisa se cansar nem pegar peso. Tem muita gente para fazer esse trabalho. Fique tranquila; eu a quero descansada e feliz como eu estou.

Mme. Gracy segurou o rosto de Cristal e disse que ela era a filha que não teve, e as duas se abraçaram.

Em Paris

Enquanto isso, um táxi parou diante de um hotel de luxo, em uma rua transversal à Champs-Elysées, a Rue de Berri.

M. Jean-Pierre garantiu que o casal iria amar o hotel, pois sempre que viajava a Paris se hospedava lá. Realmente, quando chegaram, foram recebidos com muita gentileza e atenção. Ficaram encantados com o charme do hotel. Subiram para o apartamento e, quando abriram a porta, ficaram deslumbrados com o requinte. Sobre uma mesinha, um balde com uma garrafa de champanhe, um lindo vaso com flores naturais e uma bandeja de prata com *fondants*.

Os dois abraçaram-se e se beijaram. Mesmo cansados, quiseram logo conhecer a "cidade luz". Foram a pé até o Arco do Triunfo e, depois, seguiram de táxi até a Torre Eiffel.

Foram dias maravilhosos. Fizeram compras, assistiram a shows, visitaram museus, desfrutaram dos melhores restaurantes e passearam de Bateau Mouche. Divertiram-se muito. O tempo voava. Allan e Catherine queriam aproveitar cada minuto.

Já era hora de retornar. Os compromissos esperavam por Allan. Voltaram para casa cheios de novidades e satisfeitos por terem realizado um sonho antigo.

A mudança

Cristal já se encontrava em sua nova casa, aguardando as caixas e as malas. Claude e o pai estavam satisfeitos e ansiosos para verem tudo em seus devidos lugares.

De repente, Cristal saiu correndo, com uma das mãos sobre a boca, quase vomitando, rumo ao banheiro.

M. Jean-Pierre olhou para o filho, que disse:

– É isso mesmo que está pensando. Cristal está grávida depois de tanto tempo. É uma gravidez de risco, mas tomaremos todos os cuidados. Finalmente, o senhor vai segurar um bebê em seus braços.

Emocionado, o pai de Claude passou a se desdobrar em dengos e cuidados com a nora. Ele, que nunca teve o sabor de ter em seu colo uma criança. E tudo aconteceu... Tudo se ajeitou... Tudo deu certo...

Dezembro de 1990

Dois anos se passaram... Era Natal. A casa estava linda, toda enfeitada com luzes e bolas coloridas. Uma grande árvore, repleta de presentes, fora armada no canto da sala, e uma linda menininha, que estava no colo de M. Jean-Pierre, observava tudo. Era a netinha dele.

Cristal arrumava a mesa para a ceia. Mme. Gracy colocava os discos natalinos no aparelho de som e Claude, vestido de Papai Noel, enchia as taças com champanhe.

Nesse momento, a campainha tocou, e Claude foi abrir a porta. Eram os dois, Allan e Catherine, que, ostentando uma barriga volumosa, beijou todos, pegou Lauraine no colo e lhe disse:

– Minha linda garotinha, você vai ganhar dois sobrinhos.

E complementou:

– Eu espero gêmeos.

Todos ouviram e deram parabéns a Catherine, que estava toda orgulhosa e feliz. Allan ria à toa.

Enfim, a harmonia reinava naquele lar.

Depois da ceia de Natal, Mme. Gracy sentou-se na cadeira de balanço e adormeceu. M. Jean-Pierre, eufórico de tanto tomar vinho, fez, informalmente, um convite aos que ali estavam:

– Gostaria que fossem, na próxima semana, a um evento que estou promovendo com o objetivo de homenagear uma pessoa importante, na Praça de Lanvin. O prefeito também convidou todos do vilarejo.

Com os olhos quase fechando de sono, ele pediu licença para se recolher e subiu. A alegre noite de Natal, depois de tanta comida e bebida, o deixou muito cansado. Todos se recolheram.

A homenagem

Na semana seguinte, a praça estava toda enfeitada, ainda com as luzes coloridas do Natal, além de bandeirinhas azuis, brancas e vermelhas. A banda do Corpo de Bombeiros iria se apresentar. M. Jean-Pierre foi o primeiro a sair de casa, enquanto Claude e Cristal acabavam de se arrumar.

O apressado senhor foi logo ao encontro do prefeito, que o aguardava. M. Jean-Pierre elogiou o arquiteto que havia contratado e estava presente. Estava tudo perfeito.

As pessoas continuavam chegando. O reverendo salpicava água benta por todos os lados. Allan chegou com a esposa, radiantes e surpresos com tanta pompa. Finalmente, chegaram Cristal e Claude, desculpando-se pelo atraso.

Todos achavam que se tratava de um evento promovido pela Prefeitura, mas ninguém sabia o motivo. De repente, a banda começou a tocar uma canção parisiense e quando a música terminou, o prefeito começou a falar:

– Senhoras e senhores, agradeço a todos aqui presentes. A vida corre como um rio. Se vocês fizerem um barquinho de papel com esmero e o colocarem nas águas desse rio, terão prazer em vê-lo navegar, mas a turbulência das águas o afastará cada vez mais e, provavelmente, ele sumirá, ficará desfeito ou afundará, e vocês nunca mais o verão. Na vida, muitas coisas são assim, deixando saudades, marcas, como momentos, cheiros, sabores, músicas e pessoas. A todos que estão aqui presentes, participando desta festa, peço licença para fazer uma homenagem. Antes, quero agradecer a M. Jean-Pierre, porque sem a ajuda dele não estaríamos aqui, agora. Por favor, Claude e M. Jean-Pierre, venham até aqui e puxem essas cordas, inaugurando, neste lugar, o que estava faltando.

Assim eles fizeram. Os dois puxaram, um de cada lado, as pontas das cordas que fizeram descer um enorme pano, fazendo surgir um grande letreiro luminoso no qual se podia ler: "Morangos Maduros". Era uma *pâtisserie*.

O prefeito prosseguiu:

– Este é um presente para Cristal, uma surpresa das pessoas que a amam.

Ela não acreditava no que estava vendo. Parecia um sonho. Era muito *chic*, suntuoso, um *point*. Todos foram convidados a entrar, e a surpresa maior é que Mme. Gracy a esperava atrás do enorme balcão, junto aos antigos funcionários da *pâtisserie*.

Todos aplaudiram Cristal. Ela beijou o sogro e, depois, correu para os braços do marido, emocionada. No interior da *pâtisserie* "Morangos Maduros", três músicos tocavam composições francesas inesquecíveis.

Desta vez, Cristal não serviu ninguém. Ficou sentada em uma das mesas, maravilhada, observando a fina decoração e brindando com amigos. Era muita fartura.

Um conhecido levantou-se e perguntou:

– Tem *tartelettes* de morango?

Cristal respondeu:

– Não, senhor prefeito, só amanhã, porque a moça das *tartelettes* não preparou a massa nem selecionou os morangos. E, com um sorriso brejeiro, aproveitou e agradeceu de público, prometendo que ali seria um lugar de harmonia para todos.

Realmente, os dias foram se passando, e aquele lugar exalava uma boa energia, sempre bem frequentado. Os garçons e garçonetes trabalhavam felizes, bem remunerados, sem nervosismo, num clima totalmente diferente daquele da antiga *pâtisserie* de Mme. Arminda, em que havia vibrações maléficas em consequência de sua dona ambiciosa. Cristal dava liberdade a todos. Era amada pelos amigos, funcionários e, principalmente, por Claude.

Assim, a vida continuou...

Quinze anos depois

Certo dia, o prefeito perguntou se Claude poderia sair com ele:

– Amigo, eu preciso lhe mostrar algo.

Claude concordou e pegaram o carro. Já tomando a estrada que saía da cidadezinha, o prefeito disse que o levaria a um lugar que ele, Claude, nunca havia ido. Claude ficou surpreso, mas confiou no prefeito. Viajavam já há algumas horas, quando, mais vagarosamente, o carro entrou em um recuo e parou. Claude observou, à sua frente, um muro enorme. Desceram do carro e, sem saber onde estava, Claude olhou para o prefeito e perguntou:

– O que é isto?

– Você vai ver... – respondeu o prefeito.

Logo adiante, dois homens de branco avistaram o prefeito e foram ao encontro dele, cumprimentando-o; pareciam velhos amigos. Eles entraram e caminharam por um corredor comprido e estranho, parando em frente a uma porta com uma janelinha no centro. O prefeito pediu a Claude que espiasse, e este viu uma mulher sentada na beirada de uma cama baixa, com a cabeça meio jogada para o lado. Claude perguntou:

– Quem é essa mulher? Isso é um sanatório para pessoas com doenças mentais?

O velho amigo respondeu:

– Sim, essa é minha filha. Margot nunca quis saber dela. Tinha vergonha da menina e inventava que ela tinha ido estudar e trabalhar em outro país, pedindo a mim que também mentisse.

– Agora entendo por que, às quartas-feiras, o senhor sumia, sempre no mesmo horário – retrucou Claude.

– É verdade. Eu nunca a abandonei. Quando olhava Cristal, lembrava-me dela. Veja, Claude, ela tem os mesmos olhos azuis de sua mulher. Embora a doença a tenha desgastado, fazendo com que se acabasse rapidamente, você pode reparar que os traços dela são finos.

– Verdade, amigo, ela vive no mundo dela e aqui, com certeza, é bem tratada. Eu agora entendo como você devia sofrer quando via Cristal. O mesmo tipo físico, a mesma idade... – afirmou Claude.

– Eu fazia uma transferência, Claude – explicou-se o prefeito. – Mas já me habituei com o destino que me foi traçado.

Conduzidos por um enfermeiro, os dois amigos chegaram à porta de saída. Pegaram o carro e regressaram. No caminho, o prefeito disse:

– Agora, você sabe o meu segredo. Eu tenho uma filha; ela nunca viajou para outro país e sequer me reconhece, mas faço o meu papel de pai e lhe dedico o meu amor.

Claude, dando um tapinha no ombro do amigo, falou:

– O senhor sempre me surpreende com seu grande coração. Comecei a apreciá-lo desde o dia em que lhe pedi um emprego e acreditou em mim. Devo-lhe muito. Toda vez que vier visitar sua filha, se quiser minha companhia, estarei sempre à disposição.

Entreolharam-se com sinceridade.

Na semana seguinte...

Cristal percorria apressadamente a alameda da mansão com seu carro. Entrou para se arrumar para a festa de posse do marido. Claude seria o novo prefeito da cidade, em substituição ao amigo, que já estava velho e cansado, após tantos anos à frente da Prefeitura. Indicado e nomeado pelo velho amigo, e querido pelo povo da região, Claude aceitou o convite com orgulho, prometendo continuar as obras em benefício da comunidade local.

O bonito teatro, inaugurado recentemente pelo prefeito, receberia as pessoas para a festa de posse. Todos chegaram bem trajados, e a linda Cristal, já senhora, chegou com a filha Lauraine, uma moça bonita, muito parecida com o pai.

Lá estavam, sentados, no grande auditório, Allan, com a mulher e os gêmeos, já rapazes, e um outro menino de nove anos. Cristal e a filha sentaram-se perto deles.

Diante do auditório lotado, Claude recebeu a faixa de prefeito de Alegresse. Agradeceu e lançou, com ternura, um olhar para Cristal, seu eterno amor, que tanta força lhe deu. A partir daquele momento, ele era o novo prefeito.

Com o tempo, os horários de Claude ficaram bem mais apertados por causa dos inúmeros compromissos de trabalho. Os eventos eram bem mais constantes, e isso despertava um pouco de ciúme em Cristal, que nem sempre conseguia acompanhá-lo.

Mas, iam vivendo com certa harmonia, embora Cristal estivesse bem acomodada no relacionamento e, muitas vezes, parecia apática, letárgica e com uma aparência cansada.

Na realidade, Cristal estava um tanto estranha. Gostava de ficar deitada em sua cama ou sentada na poltrona do seu quarto, um pouco distante, pensativa, totalmente incompatível com seu temperamento.

Algumas vezes saía, mas voltava rápido. Encontrava, de vez em quando, um pouco de força para selecionar seus morangos e regar as flores do seu jardim. Os empregados questionavam entre si o que estava se passando com a boa patroa. Andava sonolenta, perdera aquele sorriso constante, aquela alegria, e seu entusiasmo pela *pâtisserie* diminuíra.

Ela indagou...

Rotina de segunda-feira; uns trabalhando, outros estudando... Lauraine chegou da escola, sentou-se à mesa para almoçar e perguntou à governanta:

– Onde está mamãe?

– Ela saiu, *mademoiselle*. Não me disse aonde ia.

– Engraçado – disse a moça –, mamãe quase não sai de casa.

– Então, pegue para mim o cesto com morangos e o leve lá fora, no jardim, pois assim que eu terminar o almoço irei para lá. Está bem fresco, o clima perfeito para eu separar os morangos e sentir o cheirinho de fruta madura. Sei que mamãe vai precisar deles. Vou adiantar o trabalho dela, mesmo sabendo que ela ama fazer isso (Cristal ainda achava forças para selecionar seus morangos).

– Como queira, *mademoiselle* – respondeu a governanta.

Enquanto separava os morangos, Lauraine mergulhava em seus pensamentos, e um sorrisinho maroto brotava em seus lábios. Algumas vezes, a governanta comentava com o jardineiro da mansão:

– Essa menina anda diferente... Não é mais a mesma... Anda desconfiada e estranha.

– Deve ser da idade – retrucava o jardineiro.

Na verdade, todos estavam diferentes, mudados, naquela casa.

O agradecimento

Embora cansada, naquele momento, Cristal estava em um lugar com muita paz, rezando e agradecendo por tudo de maravilhoso que acontecera em sua vida, nos últimos anos. Com camélias de seu jardim nas mãos, abaixou-se e as colocou no túmulo de M. Jean-Pierre e Suzette. O bondoso homem morreu feliz, depois de cumprir sua missão. Baixinho, Cristal balbuciava:

– Obrigada, meu amigo.

Retirou da bolsa uma placa de bronze com os dizeres: "O amor que os uniu será eterno e abençoado". Mais adiante, ajoelhou-se no túmulo da amiga e retirou, também da sacola, uma réplica, em porcelana, de um cesto com morangos. Agradeceu tanta ajuda e rezou.

Olhou para o céu e perguntou:

– Deus, por que estou me sentindo tão diferente de outrora? Por que as forças estão me abandonando, logo eu que nunca me deixei abalar?

Baixou o rosto e chorou baixinho. Pensava muito em seu sogro, que tanto lhe deu apoio e uma vida tão rica, e em sua única e sincera amiga.

Ele se foi...

Triste, mas tranquila, Cristal voltou para casa, na convicção de que M. Jean-Pierre, já bem idoso, partiu feliz... Teve a chance de conhecer o filho e ter uma verdadeira família que o amava. Seguro, na certeza de ter perpetuado a paz, ele foi embora, encontrar-se com a querida esposa, deixando uma grande lição de vida.

Ela se foi...

Sem filhos, mas com tanta bondade no coração, escolheu Cristal para enchê-la de amor.

Mme. Gracy viveu feliz, ao lado de sua "filha". E recebeu de Cristal todo o carinho que uma mãe deseja e merece. Onde estiver, com certeza, terá se realizado esplendorosamente.

O amor é assim... Quando é verdadeiro, não dá para esquecer. Quantas forem as turbulências da vida, ele sobreviverá sempre, mostrando o caminho da felicidade.

Fazer o bem é gratificante. Tentar ver nos olhos da ira que existe uma sombra de arrependimento ou perdão. Ofuscar a inveja e despir o rancor, dando lugar à nua verdade. Nenhum sentimento cruel eleva um ser, pois deixa pairar sobre ele uma falta de paz e uma ansiedade doente.

Intimamente, o desejo de querer mudar, fazer o bem, pode transformar pensamentos. Mas, às vezes, é tarde; a alma já está corroída e contaminada.

É preciso saber que o mal existe. Que as pessoas se tornam reféns, involuntariamente, de determinados feitiços. Geralmente, a cobiça e a inveja caminham juntas e têm força para destruir as mais fortes estruturas quando são pegas de surpresa.

É necessário ter discernimento para conhecer os investidores maléficos e atraí-los com o nosso mais puro e saudável carma: a energia, que adquirimos e armazenamos para ocasiões de defesa.

O choque do bem sobre o mal é um força temida e incompatível, mas vencedora. Mas, para isso, reconhecer o inimigo é fundamental.

O caminho de Allan

Allan, muito bem-sucedido, recebeu uma oferta irrecusável. Seus horizontes se abriram. Maravilhoso filho, pensou na mãe, sua grande amiga, mas esta, mesmo com aperto no coração, agiu com sensatez e sentiu que seria melhor para o filho aceitar o grande convite de trabalho.

E Allan, com sua família, mudou-se para Bordeaux.

No dia da partida, Cristal abraçou o filho, a nora e os netos, e, disfarçadamente, secou umas lágrimas que escorreram dos seus olhos.

A partir desse dia, Cristal parecia mais triste que nunca, desmotivada, dando lugar a uma depressão. Deitada em sua cama, deixava a filha tomar a frente de tudo. Parecia que as pessoas que ela amava tanto estavam sumindo de sua vida. Cristal estava se entregando...

Claude, com tanto trabalho e compromissos, chegava tarde em casa, cansado, e logo se deitava e dormia.

Lauraine aproveitava a falta de punho forte de Cristal – que outrora fora tão importante para o bom entendimento familiar e emocional de todos – para "aprontar as suas"; as amizades nefastas estavam levando Lauraine a um caminho perigoso. Sem lucidez do certo e do errado, ela só queria tirar proveito do que fosse satisfatório para ela. Para completar, arranjara um namorado sem escrúpulos.

Comportamento mudado

Lauraine, a doce criatura do passado, tornou-se autoritária. Gostava de dar ordens aos empregados da mansão com certa rispidez, mesmo com aquele rosto angelical. Cristal pouco ia à *pâtisserie*, e com certa inércia observava o comportamento diferente da filha, aquela que ela criou tão delicada e frágil.

A falta de tempo de Claude, embora a amasse, não era como antigamente. Cristal já havia percebido vários assédios ao marido em festas e reuniões, e para não entrar em atrito com seu amado, fingia não perceber, preferindo ficar em casa. Mas os olhos e o coração de Claude eram somente voltados para sua mulher.

Deprimida e ao mesmo tempo inquieta, tomava os chás que Lauraine preparava e que a deixavam "fora de ação".

A jovem se tornara presunçosa. Cristal não tinha forças, mas conseguia observar algo diferente, sem nada poder fazer. Estava dopada, parecia ter perdido o controle dos fatos, das situações, da vida...

Pudera, era uma vítima das artimanhas da filha, que colocava drogas em seu chá. Ultimamente, Lauraine ia todos os dias à *pâtisserie*, recolher o dinheiro do caixa, e, com ar de superioridade, olhava os funcionários. Estes sentiam muitas saudades de Cristal, pois a moça era áspera com todos.

A mudança de Lauraine era nítida aos olhos de todos. Por que tinha se transformado tanto nos últimos tempos?

A transformação

Já era final de tarde na *pâtisserie* e o estabelecimento estava cheio, com funcionários uniformizados e gentis, tão educados quanto Cristal. Nesse momento, Lauraine entrou, mandou o empregado responsável pelo caixa sair e, como sempre, recolheu o dinheiro. Uma funcionária que estava servindo escorregou e deixou escapulir de suas mãos a bandeja com uma xícara de café, que caiu no chão.

Tudo deixava Lauraine fora de si. Seus nervos estavam sempre à flor da pele. Nesse instante, ela gritou, ofendendo a moça, e, logo em seguida, mandou que esta tirasse o uniforme de "Morangos Maduros", pois estava despedida.

Ninguém aprovou o gesto indelicado e brutal de Lauraine. Os funcionários mais antigos balbuciavam:

– Parece que já vimos esse filme.

Os olhos arregalados dos clientes desaprovavam a atitude da jovem mulher. O clima ficou pesado, estranho, como antigamente.

Lauraine percebeu que todos tinham recriminado seu comportamento, pegou sua bolsa e saiu, com palavras de injúrias e ofensas, totalmente transtornada; parecia até estar sob o efeito de alguma droga. Muito estremecida, chegava a se desequilibrar.

Perplexos e sem ação, ficaram os funcionários...

Mas quando ela saiu, já quase do lado de fora da porta, voltou-se para trás e lançou um olhar diferente, quase que inconsciente, para todos... Momento aterrorizante... Todos exclamaram:

– Meu Deus! – os mais antigos se arrepiaram. – É ela! Ela voltou!

Com os olhos saindo das órbitas, as feições carregadas com

duas grandes olheiras negras e os lábios tremendo de raiva, notava-se, nitidamente, o rosto de outra mulher. E com mesmo gesto de um dia, fora de si, totalmente dominada, não era mais a Lauraine. Esta já tinha se enfraquecido e optou por caminhos tortuosos, prejudiciais, contrastando com a família estruturada, de bons princípios e íntegra, perfeita. A bela e fraca Lauraine deixou a obsessão de Madame Arminda apoderar-se de seu ser, de sua alma.

Então, uma nuvem escura formou-se. Entre fumaça, misturou-se o contorno das duas mulheres... E finalmente, o espírito obsessor de Mme. Arminda fez surgir seu rosto atormentado e vingativo. Às gargalhadas, finalizou:

– Alguém tinha que ser como eu!

Só o tempo...

...se encarregaria de mostrar toda a verdade, para, novamente, reinarem a paz, o amor e a alegria naquela mansão.

E como todo ódio reverte em castigo, porque um mal feito aqui na Terra volta para o seu autor, ela, a meiga e doce Lauraine do passado, se entregou aos delírios inconsequentes de uma vida totalmente obscura, sem querer olhar para trás.

Cristal, ainda fraca e definhando, percebeu, um dia, que sua própria filha estava acabando com ela.

E Lauraine?

É, essa jovem não escapou de seu fim merecido, para desgosto de seus pais. Quando bateu a porta da *pâtisserie*, saindo para pegar seu carro, sem poder mais aguentar as pernas, atravessou na frente do caminhão de frutas, que a jogou longe.

Ainda com vida, balbuciou aos que estavam ao redor:

– Chamem minha mãe!

Esta, rapidamente, chegou, amparada pelos funcionários da casa.

Deitada sobre o corpo estirado ao chão, um fio de voz ouviu-se:

– Perdoa-me...

Sem poder continuar, seus olhos cruzaram-se e neles havia, realmente, arrependimento. E seu destino projetara-se para um universo que fora traçado pela própria jovem.

Tempos depois...

Claude e Cristal, abraçados, deixam a igreja de Saint Augustine, entram em seu carro e partem... visivelmente em paz.